THE GREAT MAPLE CAPER

Edizione italiana

WICKED GOOD MYSTERY SERIES

LUCY MAY

Copyright © 2025 Lucy May

Tutti i diritti riservati.

Copertina progettata da Rebecca Poole, Dreams2Media

Nessuna parte di questo libro può essere riprodotta in qualsiasi forma o con qualsiasi mezzo elettronico o meccanico, compresi i sistemi di archiviazione e recupero delle informazioni, senza il permesso scritto dell'autore, ad eccezione dell'uso di brevi citazioni in una recensione del libro.

NO ALL'ADDESTRAMENTO DI IA: Senza in alcun modo limitare i diritti esclusivi dell'autore ai sensi del copyright, qualsiasi utilizzo di questa pubblicazione (in tutti i formati, inclusi ebook, stampa, audio, traduzione e qualsiasi altro formato) per "addestrare" tecnologie di intelligenza artificiale generativa (IA) a generare testo è espressamente vietato. L'autore si riserva tutti i diritti di concedere in licenza l'utilizzo di quest'opera per l'addestramento di IA generativa e lo sviluppo di modelli linguistici di apprendimento automatico.

Questa è un'opera di fantasia. Nomi, personaggi, attività commerciali, luoghi, eventi e incidenti sono frutto dell'immaginazione dell'autore o utilizzati in modo fittizio. Qualsiasi somiglianza con persone reali, viventi o defunte, o eventi reali è puramente casuale.

La menzione di qualsiasi azienda e/o prodotto reale è solo a scopo letterario. Tali menzioni non devono essere interpretate come approvazioni di o da parte di questi marchi. Tutti i marchi commerciali e i copyright sono di proprietà dei rispettivi titolari.

DEDIZIONE

«Sono certa che ci sia della Magia in ogni cosa, solo che non abbiamo abbastanza senno per afferrarla e farla lavorare per noi.» -Frances Hodgson Burnett

NOTA PER IL LETTORE

Ogni titolo della serie Wicked Good Mystery può essere letto senza aver prima letto gli altri titoli della serie. Tuttavia, incontrerai riferimenti agli eventi delle storie precedenti. Se desideri goderti tutto il mistero, la magia e il caos, dai un'occhiata agli altri libri della serie!

CAPITOLO UNO

MOIRA WICKED

Abbiamo avuto una tempesta di neve ululante durante il fine settimana. Per me, la fine di febbraio sembrava la parte più profonda dell'inverno. A quel punto, la neve aveva coperto Charm Cove da mesi. Sebbene le giornate si stessero allungando, faceva un freddo pungente sulla costa del Maine in quel periodo dell'anno.

Una mattina, Liam e io stavamo gustando un caffè al bancone della cucina. Era domenica, e Persnickety Potions & Gifts era effettivamente chiuso. L'unico periodo in cui chiudevamo il negozio la domenica era durante questa piccola finestra temporale—dopo le prime settimane di gennaio fino alla primavera. I turisti iniziavano ad affluire in città quando il tempo cominciava a riscaldarsi, ma avevamo ancora qualche mese di pace e tranquillità fino ad allora.

Qualcuno bussò alla porta. Liam mi lanciò un'occhiata mentre scivolava giù dallo sgabello vicino al bancone. I suoi capelli neri erano ancora umidi dalla doccia. «Aspettiamo qualcuno?» chiese.

Sorseggiando il mio caffè, scossi la testa. Quando Liam aprì la porta, mio fratello Gabriel era lì in piedi. Gabriel ed io avevamo gli stessi capelli neri e occhi verdi, anche se le sue guance erano arrossate dal freddo. Sembrava che avesse camminato a fatica nella neve, considerando che i suoi stivali ne erano coperti e ce n'era persino un po' attaccata al denim dei suoi jeans.

«Entra pure», disse Liam, facendogli cenno di passare dalla porta.

Il mio gatto Ghost era convenientemente posizionato sopra la porta sulla sua mensola preferita per il pisolino e prontamente saltò sulla spalla di Gabriel prima di rimbalzare a terra. Ghost era stato opportunamente chiamato così, non solo perché il suo pelo era bianco, ma anche per la sua capacità di apparire dal nulla.

Gabriel ridacchiò e si inginocchiò per accarezzare Ghost. Il mio fratello maggiore era tornato a Charm Cove solo poche settimane prima, dopo un periodo in California a sistemare gli ultimi dettagli del suo lavoro. Aveva ufficialmente sfrattato Liam dal cottage del custode nella proprietà dei miei genitori. Dato che Liam stava già ufficiosamente vivendo con me da mesi, non era stato esattamente un cambiamento.

«Finito il caffè?» gridai mentre Gabriel si scrollava la neve dagli stivali e se li toglieva con le dita dei piedi vicino alla porta.

«Ne accetto volentieri un po' se me lo offri», rispose avvicinandosi al bancone, «ma non è per questo che sono qui».

«Che succede?» chiese Liam mentre risaliva sullo sgabello e dava un colpetto a quello accanto a lui.

Gabriel si sedette accanto a Liam, togliendosi la giacca e appendendola sullo schienale dello sgabello. Mi alzai per prendere una tazza dall'armadietto e riempirla di caffè. Facendola scivolare verso Gabriel mentre tornavo al mio posto di fronte a lui, feci un cenno verso la panna e lo zucchero.

«Serviti pure. Allora...» lasciai le mie parole in sospeso.

«Aspetta, fammi prendere un sorso di caffè». Gabriel aggiunse un goccio di panna e bevve un sorso, sospirando e rivolgendomi un sorriso. «Delizioso. Lo fai sempre forte».

Feci roteare la mano in aria, indicando che doveva continuare.

«Va bene, va bene. Sai che è la stagione dello zucchero d'acero, quindi ho tenuto d'occhio gli alberi. La settimana scorsa, ho messo alcune spine di prova e ho finito di installare le linee a gravità nella fattoria».

«Sì, ho messo due spine la settimana scorsa», intervenne Liam. «Stavo pianificando di controllarle oggi».

La stagione dello zucchero d'acero iniziava nel cuore dell'inverno, di solito tra metà febbraio e metà marzo. Avveniva in tutto il New England e in gran parte del Canada. Sapevo un po' di zucchero d'acero, anche se non ero un'esperta. Molte famiglie lo facevano solo per sé stesse, mentre altre lo facevano come attività secondaria, e altre ancora avevano delle vere e proprie operazioni.

Le famiglie Wicked e Good avevano un mix. I miei genitori ogni anno spillavano alcuni alberi e facevano il proprio sciroppo d'acero. Con il suo ritorno a casa, Gabriel aveva deciso di voler rivitalizzare la vecchia attività di produzione di zucchero d'acero che era rimasta inattiva quando uno dei nostri lontani cugini Wicked era venuto a mancare. La proprietà era rimasta lì ferma, e Gabriel l'aveva ereditata dopo la morte di nostro cugino.

Nella famiglia Good, i genitori di Liam lo facevano occasionalmente come i nostri, ma suo cugino Nathan Good, che gestiva il Faro Charm di Beacon, gestiva anche un'attività di produzione di zucchero d'acero. La stagione dello zucchero d'acero era una cosa seria per alcune persone in Maine.

Gabriel bevve un altro sorso di caffè e si passò una mano tra i capelli. «Beh, sarò curioso di sapere se i tuoi secchi sono ancora lì».

«Perché dici così?» chiese Liam.

«Perché sono andato dai due alberi che ho testato dove di solito lo facciamo sulla proprietà qui, e i secchi sono spariti. Le nuove linee che avevo installato erano state tagliate. Mamma ha detto che anche i suoi secchi erano spariti. Sai che ha il suo albero preferito proprio vicino a casa», spiegò Gabriel.

«Eh?» dissi. Le mie abilità conversazionali non erano al massimo nelle fredde mattine invernali quando potevo dormire fino a tardi.

Al momento, consideravo questa una lieve curiosità. Liam si alzò e si diresse verso il portico sul retro, infilandosi gli stivali vicino alla porta. «Controllo subito», gridò da sopra la spalla mentre usciva sulla terrazza posteriore.

Guardai verso Gabriel. «Pensi che sia solo una cosa casuale?»

«Beh, è una coincidenza piuttosto grande che siano stati rubati i miei secchi e quelli di mamma».

Presi un sorso di caffè, pensando che probabilmente si trattava solo di uno scherzo di qualche adolescente. Liam tornò nel giro di pochi minuti per riferire che anche dalle sue due spine mancavano i secchi.

Considerando che streghe e stregoni abbondavano qui, qualcuno poteva certamente essere in vena di birichinate, ma era abbastanza lieve se rubare alcuni secchi di linfa era tutto ciò che comportava.

Nel tardo pomeriggio, era ormai evidente che non si trattava di uno scherzo casuale. Diverse delle principali attività di produzione di sciroppo d'acero avevano tutte segnalato che ogni singolo secchio di linfa d'acero era scomparso e che le linee a gravità, che trasportavano la linfa nei sistemi per produrre lo sciroppo, erano state tagliate. Si trattava di un importante furto di sciroppo d'acero e di una potenziale catastrofe finanziaria per le aziende produttrici.

Lo sciroppo d'acero era un'attività in forte espansione in tutto il New England. Ogni volta che pensavo allo sciroppo d'acero, immaginavo quelle vecchie mappe commerciali dove si vedevano le frecce che circondavano il globo per indicare il percorso delle merci. Lo sciroppo d'acero viaggiava dal New England e dal Canada verso tutto il mondo.

Le persone erano semplicemente sconcertate. Chi mai avrebbe rubato linfa d'acero grezza in massa?

L'azienda di caramelle d'acero in città era in subbuglio. C'era così tanto fermento che fu indetta una riunione cittadina presso l'Enchanted Spirits. Un bar fu scelto come location perché le persone erano così stressate che avevano bisogno di qualcosa da bere.

Alla fine della serata, Nathan Good aveva soprannominato l'evento Il Grande Colpo d'Acero. Era piuttosto ubriaco quando fece la proclamazione, ma ci stava.

CAPITOLO DUE

Spingendo la porta per entrare nella caffetteria Magic Beans, mi guardai intorno mentre il campanello tintinnava alle mie spalle. Era affollato stamattina, ma me lo aspettavo. Non dubitavo affatto che le speculazioni e i pettegolezzi della sera precedente all'Enchanted Spirits si fossero trasferiti a questa mattina. Avvicinandomi al bancone, attesi per ordinare il mio caffè, chiedendomi se Zoe sarebbe venuta a incontrarmi come al solito.

Lei rispose alla mia domanda quando sentii un colpetto sulla spalla. Girandomi, incontrai il suo ampio sorriso. «Buongiorno».

«Buongiorno, mi stavo giusto chiedendo se saresti riuscita a venire».

La fila avanzò lentamente, e Zoe annuì. «Ce l'ho fatta. Ieri sera siamo andati a letto un po' più tardi del solito per essere un giorno feriale, ma Daniel si è alzato presto per andare in centrale e mi ha lasciato qui».

Zoe era la mia migliore amica ed era sposata con il Capo della Polizia di Charm Cove, Daniel Levesque. Avevamo un appuntamento fisso per un caffè due volte a settimana, anche se era informale nel senso che a volte una di noi non poteva farcela, e non ce ne preoccupavamo quando succedeva. Ero una grande fan delle amicizie senza troppe pretese: quelle amiche che ci sono sempre quando hai bisogno, ma non ti fanno storie quando la vita interferisce con i piani.

Arrivammo al bancone, e Sarah Glen ci sorrise da dietro la cassa. Sarah riusciva in qualche modo ad essere allegra non importava quanto presto venisse a lavorare. Considerando che Magic Beans apriva alle cinque e trenta del mattino, dovevo darle credito per il suo atteggiamento. I suoi capelli biondi erano raccolti in una coda di cavallo, e i suoi occhi blu erano vigili, quindi presumevo che avesse già preso il suo caffè della mattina. «Buongiorno, signore. Cosa posso portarvi stamattina? Prima che lo chiediate, abbiamo finito i latte allo zucchero d'acero».

Zoe sospirò. «È il mio preferito».

«Lo so. Fidati, è nella lista dei preferiti di molte persone», rispose Sarah.

Ci guardò in attesa, così ordinai. «Prenderò un Americano con un extra shot di espresso».

«Io prenderò un latte al caramello», aggiunse Zoe.

Mentre Sarah preparava i nostri caffè, chiesi: «Dove prendete solitamente lo zucchero d'acero?»

«Lo compriamo localmente. Da Nathan's place, Maple Staple e Munns Maple. Consegnano settimanalmente in questo periodo dell'anno. Ci è rimasta un po' di scorta, ma mia madre ha voluto che aspettassimo e non la finissimo subito. Avete sentito qualcosa?» chiese mentre mi porgeva il caffè.

«Niente dopo ieri sera». Guardando verso Zoe, chiesi: «Qualche novità da Daniel?»

Zoe scosse la testa. «Non prima che uscissi per andare al lavoro questa mattina. Immaginava che avrebbe passato tutta la mattina a raccogliere denunce con la quantità di persone arrabbiate per il furto dei secchi di linfa».

Sarah consegnò la bevanda a Zoe e ci fece il conto rapidamente, aggiungendo all'ultimo momento due scones ai mirtilli. «Spero davvero che risolviamo questa faccenda. Non avere temporaneamente i latte allo zucchero d'acero non è niente in confronto a ciò che alcune persone stanno affrontando», commentò Sarah.

Dopo aver pagato, Zoe e io prendemmo un tavolo nell'angolo.

Dando un morso al mio scone, lanciai un'occhiata a Zoe. «Non avevo mai pensato a quanti soldi portasse la produzione di zucchero d'acero ad alcune famiglie in città. Non è che non sapessi dell'esistenza di due grandi aziende qui, ma non avevo idea di quante persone lo facessero su piccola scala guadagnandoci. Qualcuno che ruba tutta quella linfa è la cosa più strana».

Zoe finì un sorso del suo caffè. «Lo so. Qualche idea?»

Scossi la testa. «Nessuna. Non sembra la cosa più efficiente da rubare, il che mi fa chiedere se la magia abbia qualcosa a che fare».

Zoe annuì, facendo rimbalzare i suoi riccioli castani. «Esattamente quello che pensavo anch'io. O questo, o alcuni ragazzi che fanno stupidaggini. Non riesco a immaginare nessun altro che vada in giro a rubare così tanti secchi di linfa».

«Ciao, ragazze», chiamò mia madre.

Guardando oltre, Zoe e io salutammo con la mano. Mia madre era in fila con la zia Lea. Faceva un freddo pungente quella mattina, ed entrambe erano vestite per il clima con lunghi scialli di lana, sciarpe e guanti abbinati.

Zoe mi guardò e mi fece l'occhiolino. «Presumo che avremo compagnia tra un minuto».

Sorrisi. «Certo. Non ho molto altro tempo, però, e speravo di passare a vedere Daniel prima di aprire il negozio».

«Verrò con te», si offrì Zoe. «Sai che è sempre più disponibile a chiacchierare se ci sono io a farlo sentire in colpa».

Scoppiai a ridere. «Verissimo».

Stavo gustando un altro morso del mio scone quando mia madre e Lea arrivarono al tavolo accanto a noi.

«Ciao, ragazze», iniziò Lea, scuotendo la treccia dalla spalla. Sebbene fossero cognate, mia madre e Lea avevano capelli neri simili con striature argentate. Mia madre tendeva a portarli sciolti, mentre Lea solitamente li portava in una treccia o raccolti in uno chignon.

Gli occhi verdi di mia madre brillavano mentre mi sorrideva, sedendosi su una sedia di fronte al nostro tavolo. «Abbiamo notizie».

«Quali?» chiese Zoe, mettendosi in bocca un pezzo del suo scone.

«Ieri sera a Munns Maple, hanno sorpreso un gruppo di ragazzi del liceo che facevano festa nella zona più lontana della proprietà».

«E avevano alcuni dei secchi presi da posti diversi. Non tutti, ma abbastanza», aggiunse Lea.

«Pensi che sia così semplice? Solo ragazzi che fanno stupidaggini?» chiese Zoe.

Mia madre alzò leggermente la spalla in un piccolo gesto, con lo sguardo pensieroso. «Non lo so. Ma ha più senso che siano coinvolti un gruppo di ragazzi piuttosto che una sola persona. Per quanto ne so, più di venti persone hanno denunciato il furto di secchi di linfa e tre grandi produttori, Nathan's place, Maple Staple e Munns Maple. Ovviamente, c'è anche il posto di tuo fratello, ma ha appena iniziato quest'anno». Mia madre guardò Zoe. «Daniel ha parlato con tutte le principali attività in città?»

Zoe finì un sorso di caffè e scosse la testa. «Non sono neanche le nove del mattino. Prima di andare al lavoro stamattina, non ne sapeva più di quanto ne sapessimo noi ieri sera all'Enchanted Spirits.»

«Stiamo andando lì tra pochi minuti. Devo presentare una denuncia ufficiale perché i nostri secchi sono stati rubati. Voi due potreste venire con noi nel caso nessun altro abbia segnalato di aver trovato quei ragazzi ieri sera.»

———

Un vento pungente soffiava dall'Oceano Atlantico, tagliando attraverso le strade del centro di Charm Cove. Con la città situata su una scogliera sopra l'oceano, gli inverni potevano essere spietati nelle giornate ventose. Mi strinsi il cappotto più fermamente attorno alle spalle mentre percorrevamo i due isolati dal Magic Beans alla stazione di polizia.

L'imponente edificio quadrato di granito si ergeva silenzioso all'angolo. Un senso di sollievo mi invase quando entrammo e il calore ci avvolse. Non che tenessero la stazione di polizia di Charm Cove esageratamente calda, ma fuori faceva un freddo polare. La receptionist, Anna Goodness, alzò lo sguardo e sorrise. La famiglia Goodness era una diramazione della famiglia Good ed era piena di streghe e stregoni. Anna era una vecchia strega. Come receptionist della stazione di polizia da quanto potessi ricordare, manteneva un profilo basso, ma la sua famiglia era piuttosto potente.

«Bene, buongiorno, signore. Lasciatemi indovinare, siete qui per denunciare ufficialmente la scomparsa dei vostri secchi per la linfa d'acero?»

Avvicinandosi alla scrivania, Lea si mise una mano sul fianco e annuì. «Certo. C'è stata qualche altra segnalazione oggi?»

Anna scosse la testa. «Non ancora. Abbiamo avuto una mattinata intensa. Non ci credereste quante persone hanno subito il furto della loro linfa.»

«Daniel ha tempo di incontrarci adesso?» intervenne Zoe.

La presenza di Zoe era probabilmente l'unica cosa che ci avrebbe garantito un incontro faccia a faccia con Daniel questa mattina. Anna le sorrise. «Per te, certo.»

Si fermò per rispondere a una chiamata e contemporaneamente citofonò a Daniel. Mia madre lanciò un'occhiata a Zoe, facendole l'occhiolino. «Sono sicura che Daniel sia impegnato, ma apprezziamo che tu ci faccia entrare.»

Mentre aspettavamo, contai distrattamente le piastrelle quadrate bianche e nere alternate sul pavimento. La stazione di polizia era ospitata in un bel vecchio edificio di granito, e l'interno era puramente pratico con pareti bianche e pavimenti piastrellati. Le uniche decorazioni, se così potevano essere chiamate, erano certificazioni e licenze appese alle pareti. A parte la scrivania di Anna, c'era un tavolo nell'angolo con degli opuscoli e delle sedie di plastica.

Qualche istante dopo, la porta sul retro si aprì e Daniel fece capolino. Con i suoi capelli scuri e gli occhi scuri, era un uomo attraente. Zoe lo adorava, il che era conveniente, visto che erano sposati. Lui ricambiava. Ogni tanto, esprimeva la sua frustrazione nel dover condurre indagini in una città piena zeppa di streghe e stregoni.

Immaginavo che sarebbe stato difficile anche nelle migliori circostanze. Fortunatamente, si trovava ad essere sposato con una strega, e alcuni dei suoi familiari erano streghe e stregoni. Come tale, aveva un po' più accettazione della situazione rispetto a molti di coloro senza poteri soprannaturali.

Con un sorriso ironico, ci accompagnò tutte e quattro nel suo ufficio. Appena la porta si chiuse, si rivolse a mia madre e Lea e chiese: «Posso offrirvi un caffè, signore?»

Mia madre scosse la testa, allentandosi la sciarpa e sedendosi a un piccolo tavolo rotondo dove lui aveva indicato. Lea la raggiunse, scuotendo anche lei la testa. Prima che Zoe e io avessimo la possibilità di sederci, Lea si lanciò nella spiegazione dei ragazzi sorpresi a fare festa la notte scorsa. «Hai sentito di questa storia?» chiese dopo il suo rapido riassunto.

Daniel annuì. «Non ho ancora avuto la possibilità di andare a verificare, ma Howard Munns mi ha chiamato stamattina presto per segnalarlo. Come potete immaginare, ho avuto una mattinata intensa. C'era qualcos'altro che volevate segnalare?» chiese educatamente, con un luccichio negli occhi.

Mia madre e mia zia avevano la tendenza a comandare tutti a bacchetta, incluso il capo della polizia. Per lo più, si mostrava abbastanza tollerante, anche se occasionalmente poneva dei limiti.

«Bene, suppongo che dovremmo presentare ufficialmente una denuncia per la nostra linfa rubata. Presenterai anche tu una denuncia, Moira?» chiese Lea.

«Sono solo due secchi mancanti dal retro di casa nostra, ma pensavo che dovremmo farlo, giusto per metterlo agli atti. Ecco, questa è la mia denuncia,» risposi.

Daniel si sporse per prendere un tablet dalla sua scrivania, digitando rapidamente la mia denuncia. Dopo aver preso le denunce di mia madre e Lea, Lea si rivolse a Zoe. «E tu, cara? Hai una denuncia da fare?»

Zoe scoppiò a ridere, e Daniel alzò gli occhi al cielo. «Nel caso ve lo foste dimenticate, siamo sposati. In effetti ci mancano quattro secchi. Li ho già registrati ufficialmente, non preoccupatevi,» disse, lanciando un'occhiata complice a Zoe.

Lea e mia madre si alzarono. «Bene, in questo caso, credo che abbiamo finito. Ora, ci terrai aggiornate, vero?» chiese mia madre.

«Vi terrò informate su qualsiasi notizia che posso rendere pubblicamente disponibile,» rispose Daniel con tono neutro.

Lea sbuffò e si lanciò la sciarpa rossa sulla spalla. «Ti prego di farlo,

Daniel. Come sempre, ti faremo assolutamente sapere se scopriamo qualcosa di nuovo.»

A queste parole, uscirono dalla stanza in un turbinio di cappotti di lana e atteggiamenti leggermente contrariati. Appena la porta si chiuse dietro di loro, Zoe sorrise. «Forse dovremmo convincere Lea a candidarsi come capo della polizia alle prossime elezioni cittadine.»

Daniel gemette e scosse la testa. «Devo gestirle, ma entrambe hanno buone intenzioni, e lo apprezzo. Qualcos'altro da aggiungere?» chiese, guardando alternativamente me e Zoe.

«Non credo. Sai qualcos'altro? Intendo, che potresti dirci,» precisai.

Daniel ridacchiò mentre riponeva il tablet sulla scrivania. «Niente che non sappiate già. Venti persone sono venute a denunciare stamattina finora. La maggior parte delle segnalazioni sono considerate furti minori, ma ora abbiamo quattro importanti attività la cui intera scorta di linfa d'acero è stata completamente svuotata. A questo punto si tratta di un reato di livello grave.»

Il suo telefono iniziò a squillare. Allontanandosi dalla scrivania, tirò Zoe al suo fianco per un rapido bacio e poi ci congedò con un cenno.

Mentre Zoe e io camminavamo insieme lungo la strada, le lanciai uno sguardo. «Beh, oggi sarò particolarmente curiosa al negozio.»

«Penso che tutti saranno più curiosi del solito. Questo è stato un colpo, e non era mirato solo alle famiglie di streghe. A proposito di questo», disse, facendo una pausa mentre ci fermavamo all'angolo dove lei avrebbe svoltato per scendere verso la scuola media dove insegnava. Si spostò un ricciolo ribelle dagli occhi quando una raffica di vento lo fece svolazzare. «Questo mi fa pensare che forse non stiamo avendo a che fare con delle streghe».

«Forse no, ma se si tratta solo di vandalismo, è comunque parecchio vandalismo. Soprattutto se sono quei ragazzi».

«Lo so, ma è difficile capire cosa abbia senso quando il crimine è così bizzarro. Voglio dire, la linfa d'acero in grandi quantità non è molto utile a meno che non si abbia l'attrezzatura per farci qualcosa».

Un'altra raffica di vento soffiò, e rabbrividii. «Giusto. In qualche modo lo scopriremo. Devo andare al negozio. Ci vediamo presto, okay?»

Zoe annuì e salutò con la mano prima di affrettarsi ad andare via.

CAPITOLO TRE

Quel pomeriggio, Persnickety Potions & Gifts era affollato. Questo periodo dell'anno di solito era il più lento per gli affari. Il negozio vendeva una varietà di regali, gioielli e pozioni presentate come rimedi a base di erbe. Era stato nella mia famiglia per secoli, e avevamo guadagnato parecchio fin dalla sua fondazione. Ogni tanto avevamo alcuni oggetti magici autentici leggermente impregnati di incantesimi, come bacchette decorative e candele, anche se tutto veniva commercializzato con un approccio New Age. La nostra attività era esplosa negli ultimi decenni con il rinnovato interesse per tutto ciò che è spirituale. La gente non sapeva che qui imbottigliavamo e vendevamo vera magia. Era tutto a fin di bene, quindi funzionava per tutti.

Charm Cove, nel Maine, era un bastione di streghe e stregoni. La città era stata fondata dalle famiglie Wicked e Good. Sì, io ero una Wicked, ma non ero *malvagia*. Le nostre famiglie erano fuggite da Salem, Massachusetts, durante le persecuzioni alle streghe e avevano stabilito questa piccola enclave di stregoneria qualche secolo fa. Ero benedetta, o maledetta a seconda di come la si guardava, per essere discendente di streghe e stregoni incredibilmente orgogliosi e potenti.

Stavo anche affrontando il mio presunto *destino*. Dopo un secolo di crescenti faide tra i Wicked e i Good in seguito a un matrimonio finito male, due streghe matriarche con antico potere che scorreva nelle loro vene avevano lanciato un incantesimo che decretava che un Wicked e un Good dovessero sposarsi ogni secolo per mantenere la pace tra le famiglie.

Troppo potere rivolto contro gli altri era un problema per il mondo soprannaturale. Le due famiglie erano enormi e ramificate, con tentacoli in ogni comunità di streghe del mondo. C'erano più che abbastanza di noi per permettere un matrimonio ogni secolo senza preoccuparsi che le linee di sangue si incrociassero. Questo incantesimo aveva fatto il suo dovere e calmato le acque turbolente tra le nostre due potenti famiglie. Da quando avevo memoria, mi era stato detto che ero destinata a sposare Liam Good. Vedi, il nome Moira significava destino. La nostra ascendenza francese, irlandese e celtica era ancora forte ai giorni nostri, ed era così che il nome era entrato nella nostra famiglia.

Ero tornata a casa per caso l'anno scorso e mi ero finalmente riconciliata con Liam, che avevo amato un tempo nel modo in cui solo la gioventù permette: a capofitto, con passione e senza pensarci. Con la testa a posto e qualche anno di saggezza in più, suppongo di essere stata benedetta per amare davvero Liam, considerando che le nostre famiglie probabilmente ci avrebbero rinchiuso in una cantina e forzato al matrimonio se non fossimo tornati insieme di nostra spontanea volontà. Quindi, ecco qui, la breve storia di Charm Cove e del mio destino.

Non ero ancora sposata, ma ero fidanzata. Liam e io vivevamo nel peccato per il momento, e le nostre famiglie erano più che disposte a chiudere un occhio. Le famiglie di streghe potevano essere davvero *rigide* a volte, ma erano tutti così sollevati che avessimo ritrovato la strada l'uno verso l'altra che nessuno aveva fiatato.

Dopo il mio ritorno a Charm Cove, avevo anche assunto la gestione di Persnickety Potions & Gifts. Dato che questa attività era nella mia famiglia da così tanto tempo, avevamo tutti i registri contabili risalenti alla sua fondazione. Come tale, sapevo per certo che dalla fine di febbraio all'inizio di marzo era un periodo lento per il negozio, ed era stato così per secoli. In questo periodo dell'anno, l'inverno teneva Charm Cove strettamente nella sua morsa gelida. Era anche il momento in cui le cose iniziavano a scaldarsi leggermente, e questo tendeva a creare un senso di impazienza.

La neve copriva la piccola città e l'oceano aveva lastre di ghiaccio che galleggiavano vicino alla costa. Nei giorni davvero freddi, quando il vento era pungente, l'acqua salata si congelava sulle rocce mentre le onde vi si infrangevano contro. Di solito non c'erano molte persone in giro. Anche se c'erano occasionali visitatori da fuori città, non era nulla in confronto al traffico estivo.

Detto ciò, oggi un flusso costante di gente del posto passava attraverso il negozio. Tutti avevano domande da fare sulla linfa d'acero mancante e piccoli pezzi di pettegolezzo da lasciare sui loro sospetti. Isobel Martin, una strega marginalmente potente, fece capolino. Avrei dovuto sapere che sarebbe passata. Se ci fosse mai stata una situazione in città in cui lei non fosse riuscita a piantarsi nel bel mezzo, sarei rimasta sorpresa. L'ultimo incidente proprio prima di Natale, quando la luce del faro si era spenta, lei era sorprendentemente assente da tutte le chiacchiere locali. Solo dopo ho scoperto che era fuori stato a visitare la famiglia per tutto il tempo.

Da allora, era passata a chiacchierare con me diverse volte sull'accaduto, se non altro per avere la sua piccola dose di pettegolezzi. Con gli eventi degli ultimi giorni, non ero assolutamente sorpresa quando è entrata come una folata di vento.

Isobel mi ha sempre ricordato una piccola gallina. Lo intendevo nel modo più gentile possibile. Pensavo che le galline fossero piuttosto carine. Con i suoi capelli corti e soffici castani, gli occhi marroni e la figura leggermente rotonda, beh, immaginavo che fosse stata una gallina in un'altra vita. Proveniva da una famiglia di streghe piuttosto antica, ma non erano particolarmente disciplinati. Nel corso delle generazioni, non avevano mai affinato troppo i loro poteri. Isobel non faceva eccezione, lanciando occasionalmente incantesimi per divertimento, ma altrimenti, per lo più godendosi il suo status di strega per sentirsi parte delle cose a Charm Cove.

«Ciao, Moira», chiamò mentre la porta si chiudeva dietro di lei. Fece mostra di guardarsi intorno nel negozio, come se fosse lì per acquistare qualcosa.

Finii di far pagare un'altra cliente che si era fermata per alcune pozioni. Non appena la donna uscì, Isobel si diresse a tutta velocità verso di me al bancone.

«Beh, sono andata subito a vedere Daniel alla stazione di polizia stamattina. Tutta la mia scorta personale di linfa è stata rubata. Non è solo un hobby per me. Faccio sciroppo e caramelle e li do a quasi tutti nella mia famiglia. Devo averli pronti per l'anno prossimo e per i regali durante l'estate quando le persone vengono a visitarci», spiegò, spalancando gli occhi.

Non dubitavo che la produzione di zucchero d'acero fosse più di un hobby per Isobel. Era ben nota a Charm Cove per la sua abilità in cucina.

«Mi dispiace tanto sentirlo. Sono passata anche io. A Liam e me mancavano solo due secchi, ma comunque. Dobbiamo tutti fare la nostra parte, giusto?»

A Isobel piaceva sentirsi parte delle cose, e a me piaceva farla sentire ancora più coinvolta. In realtà mi stava simpatica, ma trovavo anche comodo che volesse parlare con me. Mi raccontava praticamente tutto. In momenti come questo, risultava utile.

Annuì al mio commento. «Hai sentito di quei ragazzi che facevano festa da Munns Maple? Pensi che c'entrino qualcosa?»

«Ho sentito parlare di questo. Sembra una possibilità, ma non si sa mai. Non sono ancora sicura di come avrebbero potuto correre per la città e rubare così tanta linfa.»

Isobel strinse le labbra, inclinando la testa di lato. «Ho pensato la stessa cosa. Voglio dire, ho detto a Daniel che la cosa logica sarebbe un concorrente che cerca di eliminare la competizione. Non credi?»

«Ha certamente senso, ma finora sembra che tutti i principali distributori siano stati presi di mira.»

Annuì. «C'è anche il vecchio Tom Lewis, la cui proprietà è bloccata in tribunale. Che ne dici di lui?»

Tipico di Isobel essere abbastanza curiosa da sapere queste cose. Tom Lewis era un vecchio stregone la cui moglie, Hettie Lewis, era morta qualche anno fa. Prima della sua morte, gestivano un'attività di produzione di sciroppo d'acero.

«Come fai a sapere che la sua proprietà è bloccata in tribunale?» chiesi. La mia curiosità era decisamente stuzzicata.

«Oh, se ricordi, la loro proprietà apparteneva originariamente alla famiglia di lei. Quando è morta qualche anno fa, l'atto di proprietà era scritto in modo tale che se lei fosse morta prima di lui, la proprietà sarebbe dovuta tornare a un membro della famiglia. Dato che non avevano figli, questo significava la sua famiglia.»

«Oh, dov'è la sua famiglia?»

«Proprio qui in città. Quella proprietà vale sicuramente un bel po' di soldi. L'attività di produzione dello sciroppo d'acero non è operativa da anni, ma vale certamente qualcosa. Comunque, uno dei suoi cugini voleva fargli pagare l'affitto per vivere lì. Ci puoi credere?» chiese, chiaramente sbalordita dall'idea.

Non potevo dire di conoscere bene Tom, ma era un uomo tranquillo che si faceva gli affari suoi. Aveva adorato la sua defunta moglie, cosa che sapevo solo perché era venuto fedelmente nel nostro negozio ogni anno per acquistare un gioiello per il loro anniversario. Mi dispiaceva sentire che lo stavano cacciando dalla casa che aveva condiviso con Hettie. Doveva avere ormai quasi novant'anni e semplicemente non sembrava giusto.

Isobel continuò: «Ha cercato di comprarli, ma poi hanno tentato di sfrattarlo. È tutto bloccato in tribunale da allora. Potrebbe sicuramente usare i soldi se riavviasse l'attività di produzione dello sciroppo d'acero.»

Il campanello sulla porta tintinnò, annunciando l'arrivo di clienti. Un piccolo gruppo entrò, portando con sé una folata di vento. Sembravano venire da fuori città. I turisti di Charm Cove diminuivano fino a un rivolo in inverno, ma una stazione sciistica in una città vicina occasionalmente mandava persone qui per fare acquisti. Supposi che fosse da lì che venisse questo gruppo. Erano vestiti come usciti da un catalogo di abbigliamento da montagna.

Isobel li guardò e poi mi sorrise. «Credo che dovrei andare. Questo è tutto ciò che so su quanto sta accadendo. Ho anche informato Daniel della situazione della proprietà di Tom», disse, con tono basso mentre si sporgeva sul bancone.

«Fammi sapere se ti viene in mente qualcos'altro», proposi con un sorriso.

Si abbottonò il cappotto e infilò i guanti prima di allontanarsi con un cenno della mano. Spostai la mia attenzione sui clienti, passando un po' di tempo a mostrare le nostre bacchette e alcuni dei gioielli. Oggi i miei cugini gemelli più giovani non erano in programma per venire dopo la scuola. Durante l'inverno, lavoravano solo tre pomeriggi a settimana. Questo gruppo di clienti mi tenne occupata fino all'orario di chiusura.

Liam arrivò poco prima che se ne andassero. Guardandolo, gli lanciai un rapido sorriso, con un piccolo sussulto di calore che mi attraversò quando lui ricambiò con un occhiolino. Mentre incassavo l'ultimo cliente, lui gironzolava per il negozio e sistemava gli scaffali qua e là mentre passava. Dopo che se ne furono andati e chiusi a chiave la porta, lui si appoggiò al bancone mentre facevo i totali della giornata.

«Novità?» chiese.

«Non molte. Zoe ed io abbiamo incontrato Mama e Lea stamattina. Abbiamo scoperto che alcuni ragazzi sono stati sorpresi a fare festa da Munns Maple. Avevano alcuni dei secchi rubati nelle vicinanze. Anche se questo potrebbe essere solo un gruppo di ragazzi che combina guai, Isobel mi ha dato per caso una pista ancora migliore.»

«Quale?»

«Tom Lewis a quanto pare è bloccato in tribunale per la proprietà dove lui e Hettie hanno vissuto per tutto il tempo che ricordo. Secondo Isobel, l'atto richiedeva che la proprietà tornasse alla famiglia di Hettie se non avessero avuto figli. Isobel pensa che potrebbe aver bisogno di contanti in fretta. Ha l'attrezzatura per fare qualcosa con tutta quella linfa d'acero perché hanno gestito quell'attività per anni.»

Spegnendo il registratore di cassa computerizzato, guardai oltre. Lo sguardo azzurro di Liam si strinse mentre considerava le informazioni di Isobel. «È certamente possibile. Immagino che Isobel abbia già informato Daniel.»

«Naturalmente l'ha fatto», dissi con un sorriso. Potevo anche scherzare su Isobel, ma la sua curiosità a volte era utile.

Ci fu un colpo alla porta d'ingresso del negozio. Liam si girò, guardando attraverso le finestre. Il sole stava tramontando, ma c'era ancora abbastanza luce per vedere Nathan Good, il cugino di Liam, che guardava attraverso la porta a vetri.

«Ti dispiace farlo entrare?» chiesi.

Scuotendo la testa, Liam si voltò e si diresse verso la porta. Dopo che Nathan fu entrato, Liam chiuse di nuovo l'ingresso. «Che succede?» chiese mentre camminavano verso di me.

Nathan sembrava stanco, si passò una mano tra i capelli e sospirò quando raggiunse il bancone. «Ho visto la tua auto fuori e ho pensato di fare un salto. Ero da Hardware Charm a prendere alcune cose per riparare il cancello rotto a Mystic Maple. Volevo vedere se qualcuno ha sentito qualcosa da ieri sera», spiegò.

Quando Liam mi guardò, inarcando un sopracciglio, riassunsi rapidamente i frammenti di informazioni che avevo raccolto. «Tutto speculazioni, naturalmente. È qualcosa con cui iniziare. Da un lato, ho i miei dubbi sui ragazzi, ma dall'altro, sono un bel gruppo. Potrebbero correre per tutta la città per rubare la linfa d'acero. Faccio fatica a immaginare che una sola persona abbia fatto tutto questo a meno che non abbia lanciato un incantesimo.»

«È vero. È un sacco di lavoro per un po' di divertimento. Quanto sono gravi le cose alla fattoria?» chiese Liam.

Nathan scosse lentamente la testa. «Non bene. Tutta la mia scorta è stata spazzata via e hanno danneggiato alcune delle linee di distribuzione. Non è terribile, ma ci vorranno alcuni giorni per rimettere tutto in funzione. Installerò anche alcune telecamere di sicurezza. Penso che se qualcuno cercherà di farlo di nuovo, o lo prenderemo, o sapremo che ha poteri magici perché non lo prenderemo.»

«Ha senso», commentò Liam.

Chiudendo il registratore di cassa, misi i contanti della giornata nella busta di deposito insieme alle ricevute delle carte di credito e agli assegni. «Prendo la mia giacca. Torno subito.» Attraversando la tenda di perline verso il retro del negozio, presi la mia borsa e mi infilai la giacca prima di controllare che l'entrata posteriore fosse chiusa a chiave e lanciarvi sopra un incantesimo di protezione.

Liam incrociò il mio sguardo quando tornai nella parte anteriore. «Nathan prenderà una pizza e la porterà a casa nostra. Immagino vada bene.»

«Certo. Quando mai la pizza *non* andrebbe bene?»

Nathan ridacchiò mentre raggiungeva la porta. «Forse è più la mia compagnia ciò su cui Liam sta chiedendo.»

Liam prese la mia mano nella sua con una risata sommessa. «Esatto. Sei sicuro che non ti dispiaccia passare a prenderla?» chiese mentre seguivamo Nathan fuori. Dopo aver chiuso a chiave, lanciai rapidamente un incantesimo di protezione anche su questa porta prima di iniziare a camminare.

Nathan scosse la testa. «No, vi vedo tra un po'.»

———

Entrando dalla porta principale della casa di carrozze che ora condividevo con Liam, aspettai che Ghost ci venisse a salutare. Di solito il mio gatto mi accoglieva saltando da uno scaffale montato sul muro e rimbalzando sulla mia spalla. Le sue zampe atterrarono leggermente sulla mia spalla prima che rimbalzasse sul pavimento, girando su se stesso per fissarci.

Ghost era completamente bianco brillante e piuttosto splendido con i suoi penetranti occhi verdi mentre osservava Liam e me. Dopo alcuni movimenti della coda, si girò. «Ehi Ghost,» lo chiamai mentre mi toglievo gli stivali con la punta del piede e appendevo la giacca vicino alla porta.

Dopo aver fatto lo stesso, Liam si diresse al camino per accendere un fuoco. La mia piccola casa di carrozze mi era stata lasciata in eredità da mia nonna quando era venuta a mancare. Un tempo, era stata una vera rimessa per carrozze, con le carrozze conservate da un lato e i cavalli dall'altro. Nell'ultimo secolo circa, era stata trasformata in uno spazio incantevole. Con un lucido pavimento in legno, il pianterreno era una stanza enorme con il soggiorno da un lato e la cucina dall'altro. Un divano componibile rivolto verso il camino offriva una vista sull'oceano dietro la casa. Un bancone a isola fungeva da divisore naturale tra il soggiorno e la cucina. Il vecchio fienile, che era piuttosto grande, era stato trasformato in due camere da letto con un bagno al piano superiore.

La lavanderia e un altro bagno erano al piano di sotto sul retro con una piccola zona pranzo accanto alla cucina. Avevo sempre amato questa casa di carrozze, e ora la condividevo con Liam. Come aveva fatto notare mia zia Lea, vivevamo nel peccato, ma dato che eravamo fidanzati, era disposta a chiudere un occhio. Avevamo reso felici le nostre famiglie con l'annuncio del fidanzamento, imbarcandoci ufficialmente sulla strada per incontrare il nostro destino.

Come coppia predestinata della nostra generazione, il nostro piano per alleviare la pressione dalle nostre famiglie fidanzandoci aveva funzionato. Anche se tendevo ad essere ansiosa e avevo già iniziato a preoccuparmi del matrimonio vero e proprio.

Controllai il riscaldamento e passai in rassegna i nostri armadietti per vedere cosa avevamo da bere, mentre Liam accendeva un fuoco. Avevamo il solito vino, birra e acqua.

«Pensi che Nathan vorrà birra o un po' di vino?» chiesi guardando oltre la mia spalla.

Girandomi, vidi Liam raccogliere Ghost da terra mentre si avvicinava all'isola della cucina. «Abbiamo un sacco di birra, giusto?»

«Certo.» Mi appoggiai con i gomiti sul bancone, ascoltando mentre le fusa di Ghost rimbombavano nella stanza. «Penso che ti preferisca,» osservai.

Liam ridacchiò proprio mentre Ghost saltò via dalle sue braccia attraverso il pavimento per balzare su un sedile sul davanzale della finestra. «È volubile.»

Stavo ridendo quando ci fu un colpo alla porta. «Beh, è stato veloce,» commentai, pensando che dubitavo che la pizza fosse già pronta così rapidamente.

«Direi proprio,» rispose Liam mentre si girava per rispondere alla porta. Quando l'aprì, mio fratello Gabriel era lì. Facendo un passo indietro, Liam fece cenno a Gabriel di entrare mentre lo salutava.

Chiamai, «Che succede?»

Era bello avere mio fratello maggiore a casa, ma di solito non passava senza preavviso. Mentre Gabriel si scrollava la neve dagli stivali e se li toglieva, rispose: «Ho passato la mattinata a sistemare tutto a Mystic Maple, solo per passare stasera e scoprire che i nuovi secchi che avevo messo fuori sono già stati rubati.» Lui e Liam raggiunsero il bancone, entrambi scivolando sugli sgabelli.

«Ma che diavolo?» rifletté Liam.

«Esattamente la mia domanda,» rispose Gabriel. «Mi ci vorrebbe da bere, comunque.»

«Nathan sta arrivando con la pizza.» Mi girai verso il frigorifero e presi delle birre per lui e Liam. Versandomi un bicchiere di vino, aggiunsi: «Beh, ora che non è più un episodio isolato, per me escludiamo i ragazzi.»

«I ragazzi?» chiese Gabriel.

Liam prese un sorso di birra e annuì. «Sì, non hai sentito dei ragazzi sorpresi a fare festa a Munns Maple? Avevano alcuni dei secchi mancanti nelle vicinanze. L'ipotesi era che potessero essere solo ragazzi che facevano stupidaggini.»

«Non credo che li escluda,» rispose Gabriel. «Cavolo, se vuoi fare guai, questo è un furto da poco. Sono frustrato perché ho fatto un sacco di lavoro per rimettere in ordine il posto nell'ultimo mese, e ora sto girando a vuoto.»

Dopo un altro colpo alla porta, arrivò Nathan. Passammo la serata a goderci pizza e bevande, e a speculare sulle varie possibilità su chi fosse intenzionato a rubare e vandalizzare ogni azienda di zucchero d'acero in città.

CAPITOLO QUATTRO

La mattina seguente, dopo aver preso un caffè al Magic Beans, attraversai il parco cittadino per raggiungere Persnickety Potions & Gifts. L'aria era pungente, con un vento gelido che soffiava dall'oceano. Marzo era tecnicamente arrivato, ma il vento non era ancora pronto a far pensare a nessuno che l'inverno fosse finito. Il mio respiro si condensava nell'aria, e assaporavo il calore della tazza di caffè tra le mani.

Charm Cove aveva un tipico parco del New England: una piccola area verde proprio nel centro della città con sentieri di granito e aiuole fiorite agli angoli. Le luci natalizie erano state rimosse dal grande abete balsamico al centro del parco, e gli alberi erano spolverati di neve e brina. Il cielo era tinto di rosa e lavanda con il sole nascente. Mi fermai a fare un respiro profondo, l'aria fresca era rigenerante. Un movimento catturò la mia attenzione con la coda dell'occhio, e guardai per vedere Beatrice Powers che camminava energicamente attraverso il parco.

Questa mattina era sola. Quando sarebbe arrivata l'estate, avrebbe avuto un gruppo di dieci o più persone con lei. In inverno, la presenza del suo gruppo di power-walking era imprevedibile. La osservai mentre girava un angolo e poi si dirigeva con energia verso di me.

Spesso incontravo Beatrice a quest'ora del giorno. A volte si fermava per chiacchierare brevemente, altre volte ricevevo solo un cenno. In pochi secondi, stava praticamente frenando davanti a me. Magra come un giunco, mostrava una figura slanciata nei suoi leggings e nella maglia in pile attillati. Nonostante i suoi novant'anni, Beatrice non aveva rallentato minimamente. I suoi vivaci occhi marroni incrociarono i miei con un sorriso.

«Buongiorno, Moira», disse allegramente. «Diretta al negozio, presumo».

«Certo. Come stai questa mattina?»

«Sto bene. Pensavo di fermarmi per farti sapere che comincerò a camminare nel pomeriggio intorno ad alcune delle fattorie di acero».

«Oh, oltre alla tua camminata mattutina?»

«Moira, io cammino già ogni pomeriggio. La mattina è il mio momento in centro, ecco perché mi vedi. In estate, spesso cammino sulle spiagge o sui sentieri nel pomeriggio. Conosci la vecchia pista ciclabile?»

Si riferiva a un pezzo di terra tenuto in custodia da Charm Cove. Vecchi sentieri per carrozze attraversavano l'area ed erano stati trasformati in percorsi per escursioni e biciclette. In inverno, la zona ospitava sciatori di fondo.

«Avrei dovuto immaginarlo. Hai energia per tutti noi», dissi con una risata, fermandomi per sorseggiare il mio caffè.

Il respiro di Beatrice si condensava nell'aria mentre sorrideva. «Beh, mi tiene occupata, e adoro l'aria fresca. Ho chiesto a tuo fratello, Nathan, e ai Munn, e per loro andava bene che camminassi là fuori. Essendo proprio uno accanto all'altro, è comodo. Visto che un'altra di quelle proprietà è stata nuovamente vandalizzata, penso che la presenza di chiunque potrebbe essere d'aiuto».

«Non credi che probabilmente stia succedendo di notte?»

Beatrice scrollò le spalle. «Forse, ma non lo sappiamo. Fa ancora terribilmente freddo di notte. Al momento, qualcuno stava o correndo tra gli alberi per chilometri prendendo secchi di linfa d'acero, o distruggendo le linee di raccolta nei luoghi più grandi. Secondo me, deve essere qualcuno con la magia. Semplicemente non so chi. Inoltre, quando ho parlato con Nathan, al mattino era tutto a posto e poi, quando è tornato a controllare a fine giornata, è stato allora che ha notato che le linee di gravità erano state nuovamente tagliate».

«Sai, quando Gabriel è venuto ad avvisarci ieri sera delle nuove linee che aveva installato, non ci ho nemmeno pensato. È successo di giorno anche lì. Cosa ne pensi dell'ipotesi che siano i ragazzi che sono stati sorpresi a fare festa a Munns Maple?»

Beatrice schioccò la lingua e scosse la testa. «Penso che sia ridicolo. Troppo lavoro per quei ragazzi. Sarò anche vecchia, ma ricordo cosa significa essere adolescenti. Fai cose stupide, ma di solito non le pianifichi così a lungo e certamente non ti dai da fare con cose che richiedono tanto sforzo senza alcuna ricompensa».

Risi. «Verissimo. Bene, tienimi aggiornata. Devo andare ad aprire il negozio in orario».

«Certo, cara. Vado. Mi fermerò se scopro qualcosa di nuovo».

Detto questo, si girò di scatto, riprendendo immediatamente il suo passo sostenuto. Infreddolita per essere rimasta fuori qualche minuto, mi affrettai ad attraversare il parco verso Persnickety Potions & Gifts. Oggi sarebbe stata una giornata impegnativa perché attendevo un ordine di gioielli da uno dei nostri principali fornitori di Portland, oltre a un grande ordine da uno dei nostri distributori primari per piccoli articoli da regalo.

Una volta preparato il negozio, girai il cartello a *Aperto* sulla porta a vetri e mi misi al lavoro. La mattinata fu fortunatamente tranquilla, così ebbi il tempo di mettere in ordine sul retro e fare spazio per il nuovo inventario. Circa un'ora dopo l'apertura, tornai nella parte anteriore per aggiornare il nostro inventario di pozioni prima dell'arrivo previsto della posta. Accorgendomi di aver lasciato il caffè sul retro, tornai a prenderlo.

Proprio davanti all'ingresso posteriore, che era chiuso a chiave, c'era un secchio. In particolare, un caratteristico secchio per la linfa d'acero con l'etichetta di Mystic Maple, la fattoria che mio fratello stava rivitalizzando.

Ma che diavolo?

Un brivido mi percorse la schiena, formicolandomi il cuoio capelluto fino alle punte delle dita. Nel giro di forse tre minuti da quando avevo lasciato il retro e mi ero spostata sul davanti, qualcuno aveva usato la magia per consegnare questo qui.

Avvicinandomi, mi fermai davanti al secchio. Stavo per chinarmi quando mi venne in mente che potesse contenere un incantesimo. Un foglietto di carta piegato era appoggiato sul fondo del secchio, e mi tentava da morire. Prima di toccare qualsiasi cosa, avevo bisogno di un po' d'aiuto.

Tirando fuori il telefono dalla tasca, chiamai prima mio padre. Rispose immediatamente. «Sì?»

«Puoi allontanarti dall'ufficio per qualche minuto?» chiesi.

Tra le altre cose, la mia famiglia gestiva una società di gestione di immobili d'investimento. L'ufficio di mio padre era situato lì, a pochi isolati di distanza. «Certo, ma perché?» replicò.

«Beh, qualcuno ha consegnato un secchio per la linfa d'acero dalla fattoria di Gabriel nel retro del negozio. Sono abbastanza sicura che sia stato inviato qui con la magia, perché la porta è chiusa a chiave e sono stata qui dietro solo pochi minuti fa. Dato che puoi percepire la magia, ho pensato fosse meglio che tu venissi qui prima che io tocchi qualsiasi cosa. Suppongo che dovremmo anche chiamare Jacob. Lui può vedere se sono stati lanciati degli incantesimi sul secchio e chi potrebbe averli lanciati.»

Tra streghe e stregoni, tutti possediamo poteri diversi e ne condividiamo alcuni. Mio padre poteva percepire la magia ovunque, che fosse collegata a una persona, un luogo o un oggetto. Jacob, lo zio di Liam, aveva la capacità di percepire le tracce di qualsiasi incantesimo e chi lo avesse lanciato. Se qualcosa conteneva magia, ma non era stato usato per lanciare un incantesimo, Jacob non sarebbe stato in grado di percepire nulla, mentre mio padre sì.

«Arrivo subito. Entrerò dall'ingresso principale», rispose mio padre.

«Certo. Chiamerò Jacob immediatamente.»

Prima ancora che avessi la possibilità di chiamare Jacob, il mio telefono squillò nella mia mano e il nome di Liam apparve sullo schermo.

«Ehi, posso richiamarti tra poco? Devo chiamare Jacob perché un secchio di linfa è apparso nel retro del negozio.»

«Davvero? È proprio per questo che ti stavo chiamando. Mia madre mi ha appena telefonato perché due dei secchi scomparsi dalla casa dei miei genitori sono apparsi a Beauty Bewitched», spiegò, riferendosi al negozio gestito da sua zia Opal.

«Ok, questo è strano. Chiamerò Jacob subito. Immagino che possa iniziare dal posto più vicino.»

Abbiamo chiuso la telefonata e ho chiamato Jacob. Dopo averlo aggiornato, ero davvero tentata di leggere il biglietto nel secchio, ma avevo abbastanza buon senso per non farlo. Inoltre, ho sentito il campanello sopra la porta d'ingresso tintinnare, quindi mi sono affrettata a uscire dal retro per trovare il postino, George Abbott, che consegnava le mie scatole previste per la giornata. George era anche uno stregone.

«Buongiorno, Moira», mi salutò. «Ho un paio di pacchi per te. Lasciami posare questi e vado a prendere il resto.»

«Grazie», risposi mentre li posava vicino all'angolo del bancone. Mentre tornava fuori, li ho trascinati dietro il bancone. Nel giro di pochi minuti, ha portato dentro le scatole rimanenti.

Dopo aver messo l'ultimo sulla piccola pila che avevo creato, diede un'occhiata. «Allora, sento dire che i secchi di linfa stanno apparendo ovunque. Negli ultimi tre posti in cui mi sono fermato per consegnare la posta mi hanno detto che uno o più secchi di linfa erano apparsi sul retro. Sarei sorpreso se tu non ne avessi ricevuto uno.»

Ok, ora la situazione diventava sempre più strana di minuto in minuto. «Davvero? Beh, ne è apparso uno anche qui. È della fattoria di Gabriel e c'è un biglietto dentro. Dimmi che nessuno ha ancora toccato i secchi.»

«Qualcuno a Hardware Charm l'ha fatto, ma stanno bene. Chiamerò Daniel mentre vado alla mia prossima fermata perché avrà una giornata impegnativa cercando di capire questa situazione.»

«Dev'essere magia. Non credi?» chiesi.

George annuì lentamente. «Visto che tutti dicono che i secchi di linfa non c'erano quando hanno aperto, deve per forza essere magia.»

Non sapevo cosa pensare. Ovviamente, questo era legato al grande colpo d'acero, ma non sapevo come tutto questo si incastrasse. Non ero particolarmente in confidenza con George, ma lo conoscevo abbastanza bene. La sua famiglia si trovava esattamente a metà della scala del potere, per così dire, nel mondo delle streghe. Non erano di basso livello, ma nemmeno immensamente potenti. George aveva qualche anno più di me, con il suo circolo sociale alcuni anni avanti quando stavamo crescendo. Era sempre stato un bravo ragazzo e aveva sposato una strega della famiglia Ouellette.

«Hai sentito qualcos'altro?» chiesi. «A parte le speculazioni sui ragazzi che facevano festa, non ho molte altre informazioni. Per quanto ne so, tutti quelli a cui è stata rubata la linfa l'hanno segnalato a Daniel. Ieri mattina, Isobel Martin ha parlato con me della proprietà di Tom Lewis e della situazione lì.»

George annuì. «Quando mi sono fermato a consegnare la posta a casa sua, ha condiviso questa informazione con me. Ma non so nient'altro. Pensavo che tu ne sapessi più di me.»

Risi e alzai gli occhi al cielo. «No. Ti hanno rubato della linfa d'acero?»

«Solo la nostra scorta personale. Ma a quanto pare la scorta personale di tutti è stata rubata.» Si fermò, guardando l'orologio sopra la porta. «Devo andare. Visto che mi fermo ovunque in città, terrò le orecchie aperte e ovviamente ti farò sapere qualsiasi cosa scopra.» Con un cenno, si voltò e si affrettò verso il suo furgone postale.

Nel momento in cui la porta si chiuse alle sue spalle, mio padre entrò con Jacob Good subito dietro di lui. Sebbene provenissero da famiglie diverse, i Wicked e i Good, mio padre e Jacob si muovevano con la stessa aria solenne. Entrambi avevano i capelli argentati ormai. Mio padre aveva gli occhi verdi, mentre Jacob li aveva blu. Entrambi erano alti e snelli e tendevano a sembrare come se fossero usciti direttamente dalle pagine della storia. Oggi, entrambi indossavano cappotti di lana scuri e pantaloni.

«Mostraci il secchio», disse mio padre, saltando i convenevoli.

Mi seguirono attraverso la tenda di perline fino al retro. «Immagino che abbiate già sentito che sono apparsi altri secchi. Che diavolo sta succedendo?» chiesi retoricamente.

Jacob incrociò il mio sguardo e si strinse nelle spalle. Mio padre si fermò davanti al secchio, offrendo immediatamente: «Oh, è magia.»

CAPITOLO CINQUE

Dopo l'annuncio di mio padre, Jacob si mise al suo fianco, chiudendo gli occhi e tendendo le mani. Dopo un momento, le abbassò, guardando alternativamente mio padre e me. «È stato lanciato un incantesimo, ma è stato oscurato. Era un incantesimo di trasporto oggetti, non che non potessimo immaginarlo. Non credo sia necessario correre a controllare ogni secchio, visto che sembra ne siano apparsi parecchi. Ne controllerò alcuni a campione, ma suppongo che chiunque abbia fatto questo abbia anche lanciato un incantesimo per coprire le proprie tracce».

«Conosciamo famiglie che hanno il potere di occultamento nella loro stirpe?» chiesi.

«Questa è una domanda per la madre di Liam», disse mio padre con un cenno. «Possiamo controllare le nostre biblioteche, ma i libri di incantesimi non sempre tengono traccia di quali famiglie portavano la magia. Alice dovrebbe essere in grado di risalirvi con il suo lavoro genealogico».

Beh, sapevo dove avrei cenato stasera.

Jacob aveva già iniziato a voltarsi e a camminare verso l'ingresso. «Aspetta, c'è un biglietto nel secchio», esclamai.

Corsi velocemente e lo tirai fuori ora che sapevamo che era sicuro.

Aprendo il biglietto, trovai una singola lettera scritta in inchiostro nero: M.

Risi perché non ci diceva granché. Lo passai a mio padre, che si limitò a ridacchiare e lo passò a Jacob, che alzò gli occhi al cielo.

«C'è magia nel biglietto?» chiesi.

Mio padre scosse la testa. «Ho già controllato. La magia serviva solo per trasportare il secchio, il che probabilmente significa che il biglietto è stato messo nel secchio prima ancora che comparisse qui. Devo tornare in ufficio. A meno che tu non voglia che venga con te», aggiunse, guardando verso Jacob.

Jacob scosse la testa. «Non serve. Farò solo un campionamento per vedere se è lo stesso incantesimo sugli altri secchi». Mi guardò. «Ti chiamerò se i biglietti sono diversi. Se lo sono, qualcuno dovrebbe raccoglierli tutti. Potrebbe essere quello il nostro enigma».

Dopo di che, se ne andarono. Mi posizionai dietro la cassa e mi misi a controllare i nostri nuovi articoli. Avevamo una grande spedizione di gioielli da un orefice che frequentiamo a Portland. Loro producono tutti i braccialetti e gli anelli con charm che vendiamo. In questo periodo dell'anno, il negozio non era troppo affollato, ma entro un mese o due sarebbe stato pieno. Questo era il nostro primo ordine per la primavera. Gli altri articoli potevano aspettare perché questi richiedevano più tempo per l'inventario. Ogni braccialetto e anello con charm era anche dotato di un leggero incantesimo per sollevare l'umore. Ciò richiedeva che io passassi del tempo a lanciare rapidi incantesimi per ogni articolo.

La maggior parte di questo inventario sarebbe stata immagazzinata sul retro fino all'arrivo della stagione piena. Dopo circa un'ora, decisi di fare una pausa. Controllando il telefono, vidi un messaggio di Jacob. Mi chiedeva di mandare le mie cugine gemelle a raccogliere tutti i biglietti nel pomeriggio quando sarebbero arrivate al negozio per lavorare. Le gemelle erano Celia e Delia Good, le sue figlie e mie lontane cugine per matrimonio. Erano le più giovani della mia generazione e tendevano ad essere coccolate da tutti noi.

Erano anche le mie uniche dipendenti a Persnickety Potions & Gifts. Durante l'inverno, venivano tre pomeriggi a settimana. Invece di avere il loro aiuto per finire l'inventario, le avrei mandate a raccogliere i biglietti. Ero molto curiosa di vedere cosa dicevano i diversi biglietti.

Risposi a Jacob con un messaggio, facendogli sapere che non appena fossero arrivate le gemelle, le avrei mandate via. Chiesi che qualcuno mi inviasse una lista dei posti dove dovevano andare.

Il mondo era ben oltre i tempi delle catene telefoniche, con i messaggi di gruppo come alternativa moderna. Nel giro di pochi minuti, ricevetti un messaggio dalla zia Lea, che includeva Jacob e le gemelle, con un elenco di dove dovevano andare quel pomeriggio. Finora, sembrava che i secchi fossero stati trasportati solo presso attività commerciali, anche se c'era un mix di secchi provenienti da aziende produttrici di sciroppo d'acero e secchi di linfa di proprietà di famiglie. Questo stava diventando un mistero sempre più interessante.

Quella sera, poco prima dell'orario di chiusura, Celia e Delia irruppero dalla porta del Persnickety Potions & Gifts proprio mentre stavo facendo i conti della giornata. Alzando lo sguardo, fui accolta da due ampi sorrisi. Con i loro capelli scuri e lucenti, gli occhi azzurri brillanti e le guance rosa, erano semplicemente adorabili. Avevano compiuto quattordici anni di recente, e immaginavo fossero fuori di sé per essere coinvolte nell'indagine sul Il Grande Colpo d'Acero.

Far raccogliere loro tutti i biglietti era una cosa innocua e si sperava sicura, ma era chiaro che le entusiasmava. Si tolsero i cappucci e si affrettarono verso il bancone. Celia indossava il color lavanda e Delia il rosa, un tema che mantenevano costante in tutto perché quelli erano i colori della loro magia.

Celia parlò per prima. «Li abbiamo tutti», disse, dando un colpetto alla sua borsa.

«Pensiamo sia un enigma», aggiunse Delia.

Non potei fare a meno di sorridere. «Forse potete aiutarci a risolverlo. Grazie per aver fatto tutto questo. So che fa freddo questo pomeriggio».

«Non importa. Ci siamo divertite. Chi ci viene a prendere?» chiese Delia.

«Verrete con me e Liam. Ci incontriamo a casa dei suoi genitori per cena, e i vostri genitori ci raggiungeranno lì».

Come a suggellare le mie parole, Liam entrò dalla porta principale nel negozio. Fece un cenno con la mano, chiamando: «Devo chiudere e girare il cartello?»

«Per favore», risposi. «Fammi solo prendere il cappotto e la borsa e sarò pronta».

Affrettandomi sul retro, mi assicurai che la porta fosse chiusa e lanciai un incantesimo di protezione e uno di blocco. Se qualcuno avesse cercato di trasportare qualcos'altro nel negozio, avrebbe protetto l'ingresso. Era una stranezza degli incantesimi di trasporto. Doveva esserci un percorso. Se il percorso era bloccato, niente poteva essere trasportato. Infilai la giacca imbottita e presi la borsa prima di affrettarmi di nuovo verso l'ingresso.

Le gemelle erano in piedi con Liam, mostrandogli eccitate i biglietti che avevano raccolto da tutti i secchi di linfa. Lui alzò lo sguardo, incrociando il mio e facendomi l'occhiolino.

Oh cielo. Niente più di un occhiolino da parte di Liam, e mi mandava un turbinio di farfalle nella pancia e calore che si irradiava dentro di me. Mi ero riabituata a stare di nuovo con lui, ma era ancora sorprendente riscoprire quanto facilmente mi influenzasse.

Liam Good, l'uomo che ero destinata a sposare. Considerare il mio destino era a volte travolgente.

Sapevamo fin da quando eravamo giovani che eravamo la coppia predestinata tra le nostre famiglie enormi e sparse. Un po' di angoscia adolescenziale e gelosia nei primi anni universitari ci avevano fatto allontanare. Un matrimonio incredibilmente breve per Liam, e il mio tentativo di fuggire dalla mia magia ci avevano tenuti separati per alcuni anni. Eppure, avevamo ritrovato la strada l'uno verso l'altra.

Anche se erano passati mesi ormai, il mio polso ancora impazziva quando vedevo quello sguardo ardente nei suoi occhi. Con i suoi capelli neri e gli occhi azzurro ghiaccio, era ridicolmente affascinante. Non era proprio giusto.

Girando intorno al bancone, mi fermai accanto a Liam, e lui si chinò, premendo un rapido bacio sulle mie labbra e inviandomi immediatamente una piccola scossa elettrica. Con le gemelle presenti, feci subito un passo indietro. «Cos'altro abbiamo?» chiesi.

«Un sacco di lettere!» esclamò Delia.

«Sembra che vogliano prenderci in giro e mandarci in una caccia per scoprire cosa dovrebbe comporre questa frase», disse Liam.

«È come un cruciverba di frasi», intervenne Celia.

«Sembra proprio così», risposi. «Siamo pronti per andare?»

Noi quattro uscimmo dal negozio. Una volta che le gemelle furono allacciate nei sedili posteriori, Liam si diresse verso la casa dei suoi genitori. Charm Cove non era affatto grande. Durante i mesi invernali, la popolazione della città era inferiore a cinquemila abitanti. Quadruplicava e anche di più ogni estate con i turisti. La maggior parte delle case locali si trovava in un raggio di circa dieci miglia quadrate.

I genitori di Liam vivevano a pochi chilometri dalla proprietà della mia famiglia. Anche loro possedevano un'ampia porzione di terreno sulla scogliera che si affacciava sull'Oceano Atlantico. Come molte case, incluse quelle di molte famiglie originarie, la loro casa era una grande abitazione in stile coloniale classico.

Alta e maestosa, si ergeva in cima alla scogliera. Scendendo per il vialetto sinuoso, non si poteva nemmeno vedere la casa dalla strada attraverso gli alberi. In questa prima serata invernale, il cielo mostrava varie sfumature di grigio che si fondevano con l'oceano in lontananza mentre percorrevamo il viale davanti.

La loro casa aveva un tetto in acciaio rosso brillante aggiornato e un rivestimento color crema chiaro, apparendo allegra tra la neve e il cielo grigio. L'auto di Lea e Jacob era già qui, insieme a quella dei miei genitori e di mia cugina Emma.

Aveva iniziato a nevicare leggermente durante il tragitto, e il vento soffiava forte dall'oceano, quindi ci affrettammo dall'auto alla casa, senza nemmeno preoccuparci di bussare. La porta echeggiò nell'atrio dietro di noi mentre entravamo. Avevano un atrio a due piani con una scala curva che conduceva al piano superiore, e un corridoio che portava direttamente sul retro della casa. Un lato della casa ospitava la sala da pranzo, un salotto e un parlatorio, con un'enorme vecchia cucina e una sala ricreativa dall'altro lato.

Liam chiamò mentre camminavamo lungo il corridoio: «Siamo qui!»

Seguimmo le voci fino alla cucina. La disposizione era simile a molte case della zona. La maggior parte delle case originali erano state costruite nel giro di pochi anni l'una dall'altra e tutte avevano una disposizione simile.

Sebbene ci fossero elettrodomestici aggiornati in cucina, la disposizione era rimasta la stessa. C'era una grande isola al centro della cucina, che una volta serviva come tavolo da lavoro per cucinare. Un piano cottura si trovava al centro con un piccolo lavandino sul lato e sgabelli che lo circondavano sul lato opposto. Lungo la parete posteriore c'era un altro bancone, un lavandino molto più grande, un forno a muro incorporato e un vecchio forno a legna. Sul retro della cucina, un grande tavolo rotondo per la cena informale era situato davanti alle finestre che si affacciavano sull'oceano.

«Ciao, ragazze», Lea chiamò le gemelle mentre si alzava dal tavolo.

Liam si fermò per lasciare un bacio sulla guancia di sua madre. La somiglianza tra loro era quasi sorprendente. Entrambi i suoi genitori avevano i capelli scuri, anche se lui aveva la struttura ossea di sua madre e i suoi splendidi occhi azzurri. Alice Good era bellissima. Per fortuna, sembrava non avercela con me per aver rotto con suo figlio in un impeto di rabbia durante il college.

Lea si avvicinò a noi per stringere le gemelle in un rapido abbraccio. «Dove sono i biglietti, ragazze?» chiese mentre faceva un passo indietro.

Celia li tirò fuori dalla sua borsa e glieli consegnò.

Il padre di Liam, William, chiamò da una credenza vicino al tavolo: «Venite qui. La cena è quasi pronta».

Con l'aiuto di mia madre, Alice portò una casseruola di pollo, uno stufato cremoso, pane fresco e insalata. Fu solo dopo che ci sedemmo, dicemmo la grazia e iniziammo a mangiare che tutti cominciarono a passarsi i biglietti e a speculare su cosa le lettere dovessero comporre.

Dopo che mia madre li ebbe scorsi, alzò lo sguardo, incrociando il mio e scuotendo la testa. «Tutto questo sembra una presa in giro, se volete il mio parere».

Liam finì un sorso del suo vino e annuì. «Esattamente ciò che ho detto».

«Ovviamente, ci manderanno in una caccia al tesoro, e noi dobbiamo parteciparvi. Perché è l'unico modo per scoprire qualcos'altro», disse Lea con un sospiro.

«Penso che dovremmo chiedere ai Bishop di pubblicarli ne Il Punto d'Inchiostro», suggerì Alice.

«Oh, è brillante!» esclamò mia madre.

«Prima che me ne dimentichi, Alice, puoi cercare informazioni su famiglie che hanno il potere di oscurare incantesimi?» chiesi.

«Oh sì, sono riuscito a percepire l'incantesimo lanciato per trasportare i secchi, ma chiunque l'abbia lanciato ha anche usato un incantesimo per nascondere le proprie tracce. Dobbiamo sapere chi potrebbe avere quel potere. Non è comune», spiegò Jacob.

«Comincerò a cercare nei miei registri domani», rispose Alice.

CAPITOLO SEI

La mattina seguente, percorsi Charming Way fino a The Ink Spot prima di andare a prendere il mio caffè. Mi era stato assegnato il compito di passare per vedere se potevo persuadere Albert Bishop ad accettare di pubblicare le lettere dei biglietti sul giornale. Albert era l'attuale membro della famiglia Bishop a gestire l'attività.

The Ink Spot apriva presto la mattina in virtù del fatto che dovevano inviare un notiziario quotidiano. Oggigiorno, veniva pubblicato sul loro sito web e inviato via email a chiunque fosse iscritto per riceverlo. Offrivano versioni cartacee solo nei fine settimana.

Come Persnickety Potions & Gifts, Beauty Bewitched e altre attività locali possedute e gestite da famiglie di streghe, The Ink Spot esisteva da secoli. Era stato il primo giornale di Charm Cove e rimaneva l'unico, sebbene ci fossero alcuni giornali regionali che coprivano l'area.

Quando fu fondato, la famiglia Bishop era un po' radicale, stampando fogli sull'isteria dei Processi alle Streghe di Salem e argomenti simili. C'era stata un po' di tensione tra la famiglia Bishop e alcune delle altre famiglie fondatrici a causa di ciò. Considerando che le famiglie erano fuggite in questa zona per rimanere al sicuro dalla persecu-

zione delle streghe, c'era stato un genuino timore che potessero attirare l'attenzione sulla zona.

Ai giorni nostri, erano più simili a un giornale locale standard.
Durante l'estate, avevano sezioni divertenti sugli eventi locali e una
sezione intitolata "Tamponamenti turistici". Era dedicata ai quasi
quotidiani piccoli incidenti in città con i veicoli dei turisti che affollavano le strade. I turisti l'adoravano e questo portava un po' di denaro
pubblicitario a The Ink Spot.

The Ink Spot si trovava nella sua sede originale, ma era stato
ampliato dalla sua fondazione. Era in un edificio d'angolo quadrato in
granito all'incrocio tra Charming Way e Good Lane. Spingendo attraverso le massicce porte di quercia all'ingresso, mi guardai intorno
quando entrai. L'attrezzatura di stampa originale si trovava attraverso
una porta laterale in quello che ora fungeva da museo. Lo tenevano
aperto tutto l'anno, e rimaneva affollato durante l'estate. Si poteva
vedere lo spazio attraverso una parete divisoria in vetro.

Pavimenti lucidi in legno pregiato si estendevano in tutto l'edificio
con un decorativo soffitto in lamiera stampata sopra. L'attrezzatura di
stampa originale era stata mantenuta in condizioni impeccabili ed era
lucidata e bella da vedere per il museo. Avevano tutte le stampanti,
insieme a targhe e brochure che spiegavano i vecchi processi di stampa.

La sala principale aveva un bancone che correva lungo il retro.
Oltre alla stampa di notizie locali, offrivano servizi per una vasta
gamma di esigenze di stampa: biglietti da visita, insegne e cose simili.
La famiglia si era ben adattata nel corso degli anni ai cambiamenti nel
business e ora offriva anche design di siti web.

A quest'ora mattutina, non c'era nessuno dietro il bancone, così mi
avvicinai e suonai il campanello. Mentre aspettavo, guardai attraverso
la vetrina espositiva. Conteneva numerose vecchie stampe risalenti
all'epoca in cui la città era stata fondata alla fine del 1600. La famiglia
Bishop era fuggita dalla zona di Salem non molto tempo dopo i
Wicked e i Good, tutti cercando rifugio lungo la costa spazzata dal
vento del Maine.

Dopo qualche minuto, fui sorpresa di vedere Sally Bishop venire
attraverso le porte a battente che conducevano nel retro. Sally e Rae
erano gemelle identiche che un tempo gestivano The Ink Spot. Le

gemelle erano anche sotto monitoraggio GPS dopo il loro coinvolgimento nel lancio di un incantesimo che aveva accidentalmente portato alla morte di Alvin Pearson l'estate scorsa.

Era accaduto a seguito di un contorto triangolo amoroso tra Alvin, entrambe le gemelle e qualcun altro. Senza contare sua moglie. Dopo aver superato la rabbia l'una verso l'altra, avevano deciso di farlo cadere una notte. E cadere era caduto, proprio nella fontana della città. Era annegato, molto probabilmente perché era anche ubriaco. Queste cose succedevano. O suppongo che succedessero a Charm Cove.

Sally mi sorrise, i suoi occhi azzurri guardinghi. Era significativo che mi avessero in gran parte perdonato per aver aiutato a catturarle quando tutto era stato risolto. C'era però ancora un po' di tensione latente, giusto un pochino.

«Ciao, Sally», dissi. «Non mi aspettavo di vederti questa mattina».

«Lo stesso potrei dire io di te. Io e Rae abbiamo ripreso il turno mattutino. Albert si occupa più della parte online. Quindi cosa ti porta qui?» chiese, spazzandosi i capelli castano-rossicci brizzolati dagli occhi. Lei e Rae una volta gestivano The Ink Spot, ma si erano fatte da parte qualche anno fa quando Albert si era imposto, insistendo che stavano diventando troppo vecchie per gestire le cose.

«Beh, hai sentito dei furti di linfa d'acero, vero?»

«Certo. Albert mi ha fatto sapere ieri che uno di quei secchi è stato trasportato qui. Non c'ero nel pomeriggio, ma ho sentito che i gemelli sono andati in giro a raccogliere tutti i biglietti. Sai altro?» chiese.

«Ho tutti i biglietti qui. Ognuno ha solo una singola lettera. Tutto qua. Formano varie frasi. Ne stavamo parlando ieri sera, e pensiamo che sarebbe intelligente se li pubblicassimo su The Ink Spot. Potremmo ottenere qualche idea. Che ne pensi? Magari come un cruciverba o qualcosa del genere».

Sally sorrise raggiante. «Oh mio Dio! È perfetto. In questo modo, attirerà l'attenzione di tutti e riceveremo un sacco di idee diverse su cosa potrebbe dire».

«Abbiamo pensato di usare un generatore di frasi, ma ci sono molte opzioni. Speriamo che l'attenzione pubblica aiuti a chiarire cosa si intende dire. Pensi che Albert accetterà?» chiesi.

Sally annuì, stringendo le labbra. «Lo farà. Non sono molto contenti perché sai che la famiglia della moglie di Albert ha una piccola attività di produzione di sciroppo d'acero, e hanno perso molto. Tutti vogliono solo ricominciare e spillare tutti gli alberi, ma abbiamo sentito che in altri posti hanno tagliato di nuovo le linee».

«Lo so. Sai, mio fratello Gabriel sta riavviando l'attività di nostro zio, ed è altrettanto preoccupato. Cosa ti serve per stampare questi?» chiesi, dando un'occhiata all'orologio appeso al muro dietro di lei, sopra il bancone.

«Scriviamo semplicemente le lettere».

«Potrebbe funzionare. Daniel ha già chiamato e ha detto che vorrebbe che consegnassimo i biglietti originali. Tecnicamente sono prove, insieme a tutti i secchi che sono comparsi», spiegai.

«Oh sì», disse Sally, annuendo vigorosamente. «Ha detto che sarebbe passato oggi per ritirare il secchio che è comparso qui. Sai quanti ce ne sono stati?»

«Sappiamo che ce n'erano almeno cinquantacinque».

Sally fece tsk-tsk e scosse la testa. «Che stranezza».

«Non dirlo a me. Devo andare al negozio presto, quindi annotiamo queste».

Dopo che Sally ebbe esaminato i biglietti con me e copiato le lettere, me ne andai e mi diressi al negozio.

CAPITOLO SETTE

La mia giornata è iniziata al negozio riprendendo da dove mi ero fermata il giorno prima con l'inventario. Dato che le gemelle hanno trascorso il pomeriggio di ieri a correre per la città raccogliendo biglietti con le lettere, ovviamente non eravamo riuscite a completare le consegne. Durante l'inverno, apprezzavo le mattinate tranquille in negozio perché potevo concentrarmi con poche interruzioni. Potevo completare l'incantamento dei braccialetti portafortuna e degli anelli rimasti entro metà mattina. Li ho messi da parte insieme al resto del nuovo inventario affinché le gemelle li potessero prezzare nel pomeriggio e aggiungerli all'inventario informatico.

Ero andata un po' di corsa quando ero uscita da The Ink Spot questa mattina, quindi non avevo avuto il tempo di passare da Magic Beans per prendere un caffè. Dato che il negozio era momentaneamente vuoto, mi sono infilata il cappotto, ho afferrato la borsa e ho attaccato il cartello "Torno tra 10 minuti" sulla porta prima di affrettarmi ad attraversare la piazza per procurarmi un caffè.

Calore e profumo di caffè, pane fresco e prodotti da forno mi hanno avvolto appena entrata da Magic Beans. Le mattine invernali qui erano sempre affollate di gente del posto. Ho aspettato in fila, salutando Sarah dietro il bancone quando sono arrivata davanti.

«Oh ciao», ha detto, fermandosi per guardarsi intorno prima di abbassare la voce. «Sono così contenta che tu sia passata. Mi sono completamente dimenticata di dirti che uno dei ragazzi che hanno beccato da Munns Maple è stato visto a casa dei nostri vicini, vicino a dove avevano alcune piante da cui stavano raccogliendo la linfa. Non mancava nulla. O è stupido come un sasso, il che è sempre una possibilità con un adolescente, oppure sta tramando qualcosa».

«Hmm», ho commentato. «Sono propensa a pensare che stia solo facendo lo stupido, o cercando di creare scompiglio».

Tra gli altri argomenti trattati a cena ieri sera, avevo chiesto alle gemelle se conoscessero qualcuno dei ragazzi che erano stati sorpresi a fare festa da Munns Maple. Sebbene gli adolescenti coinvolti avessero qualche anno in più di Celia e Delia, la popolazione locale di Charm Cove era piccola e le voci tendevano a diffondersi rapidamente in città.

Le gemelle avevano detto che quel particolare gruppo era noto per gli scherzi e le buffonate. Considerata tutta l'attenzione sul Grande Colpo d'Acero, sospettavano che i ragazzi stessero solo cercando di creare un po' di scompiglio.

«A proposito, oggi prendo il caffè della casa con un'aggiunta. Ho bisogno di caffeina», ho aggiunto.

«Perché pensi che stia solo cercando di creare confusione?» ha chiesto Sarah mentre preparava il mio caffè.

«Beh, avrai sicuramente sentito di tutti quei secchi di linfa riapparsi ieri».

«Sì, ma cosa c'entra questo con il fatto che quei ragazzi non c'entrino nulla? Insomma, se vogliono fare uno scherzo, quello è un modo per prolungarlo».

«Tutti i secchi che abbiamo trovato ieri avevano degli incantesimi. Forse alcuni di quei ragazzi hanno poteri magici, ma trasportare qualcosa del genere richiede molta più pratica e abilità di quanta ne possa avere un adolescente».

«Ho sentito che contenevano tutti dei biglietti», ha aggiunto Sarah mentre mi porgeva il caffè e batteva lo scontrino.

«È vero. C'erano solo un mucchio di lettere. Pensiamo sia un enigma», ho risposto, porgendole i soldi.

«Quindi come lo risolveremo?»

«L'ho detto a Daniel, e faremo pubblicare le lettere a The Ink Spot per vedere se la gente può aiutare a capirci qualcosa. Comunque, devo scappare. Ho lasciato il negozio vuoto».

Sarah mi ha salutato con un cenno della mano, e mi sono affrettata a riattraversare la piazza. Avevo dimenticato i guanti ed ero sollevata di avere la tazza calda di caffè da tenere in mano. Quando ho raggiunto Persnickety Potions & Gifts, ho trovato Lea che aspettava davanti alla porta. Indossava un cappotto di lana rosso brillante con un cappello coordinato.

«Ciao, zia Lea», ho chiamato mentre attraversavo la strada.

«Ciao, cara», ha risposto quando l'ho raggiunta, sporgendosi per darmi un bacio sulla guancia.

«Avresti potuto entrare da sola», ho commentato mentre tiravo fuori le chiavi dalla borsa e aprivo la porta.

«Oh, lo so, ma non volevo spaventarti».

Mi ha seguito dentro, togliendosi i guanti e il cappello mentre io rimuovevo il cartello "Torno tra poco" e mi affrettavo dietro il bancone per riporre il cappotto e la borsa. Mi ha seguito sul retro, appendendo il cappotto a uno dei ganci vicino alla porta e appoggiando una mano sul fianco. «Devo preparare alcune pozioni. Spero non ti dispiaccia se vengo qui a farle. Lo spazio di lavoro qui è bello tranquillo. Stiamo facendo alcuni lavori in cucina a casa nostra, e mi sta facendo impazzire», ha spiegato.

«Sei sempre la benvenuta a lavorare qui. Cosa devi preparare?»

«Alcune delle mie erbe medicinali stanno finendo». Ha fatto una pausa e ha abbassato la voce, anche se non c'era assolutamente nessuno che potesse sentirci. «Preparerò un filtro d'amore per Emma».

Emma, mia cugina e sua figlia, sicuramente *non* avrebbe gradito che sua madre preparasse un filtro d'amore per lei.

Il campanello all'ingresso ha tintinnato, indicando che qualcuno era appena entrato. Camminando verso l'entrata, mi sono fermata prima di attraversare la tenda di perline. «Zia Lea, sai che Emma sarà furiosa se scopre cosa stai facendo. Non posso credere che tu stia considerando questa cosa. Lascia che risolva le cose da sola», ho detto, con il tono più fermo che potevo.

Mi sono affrettata verso l'ingresso, notando il suo roteare gli occhi mentre mi allontanavo. Mia cugina Emma non aveva la pressione che avevo io. Liam e io eravamo destinati al matrimonio Wicked-Good per questo secolo, ma ciò non significava che la madre di Emma non volesse intromettersi.

Sebbene il mondo moderno avesse superato l'epoca dei matrimoni combinati nella maggior parte dei luoghi, le famiglie di streghe e stregoni erano inclini a voler assicurarsi che i loro familiari si sposassero in modo appropriato. *Appropriato* nel senso di prendere in considerazione le discendenze e la posizione delle famiglie nella struttura del potere. A volte era tutto un po' ridicolo.

Con uno scuotimento mentale, concentrai l'attenzione sul gruppo di clienti che era entrato nel negozio. Era un gruppo di turisti dal vicino impianto sciistico. Vagavano guardando gioielli e regali, incluse le bacchette decorative che vendevamo. Risposi educatamente alle loro domande e vendetti loro una serie di regali prima che se ne andassero.

Dopo averli congedati con alcuni suggerimenti su ristoranti e altri negozi in città, tornai sul retro per controllare zia Lea. Era indaffarata al tavolo di lavoro. Dato che preparavamo le nostre pozioni e rimedi, avevamo tutte le forniture per le pozioni di base. Non tenevamo nulla di troppo complesso qui. Le nostre pozioni più popolari erano: *L'Amore Fa Girare il Mondo, L'Amore Troverà una Via, Migliora il Tuo Matrimonio, Ferma il Dolore Articolare, e Sei Arrabbiato con Qualcuno? Rompi Questa Bottiglia.*

Mentre i nomi sembravano sciocchi, quelle pozioni andavano a ruba. Appoggiai il fianco al tavolo e guardai Lea. «Per favore dimmi che hai cambiato idea sul tentare di lanciare un incantesimo d'amore per Emma.»

Zia Lea alzò lo sguardo e sorrise. «Va bene. Aspetterò. Ma lui mi piace. Voglio solo che si decidano.»

Si riferiva a Jackson Howe, con cui Emma aveva iniziato a uscire qualche mese fa. Era uno stregone di una famiglia perfettamente rispettabile. Sembrava davvero essere un buon abbinamento per Emma. Non che io la vedessi in termini di abbinamenti come facevano i nostri genitori, ma era gentile, divertente e chiaramente teneva a Emma. Era anche ben versato nelle usanze di Charm Cove, quindi sapeva come surfare le onde di pettegolezzi e potere che fluttuavano in città.

Lea finì di versare qualcosa in una bottiglia di rimedio e mi guardò di nuovo. «Parlando di romanticismo, tu e Liam avete discusso di quando volete fare il matrimonio?»

Trattenni un sospiro. Se c'era una cosa che non impediva alla mia famiglia di ficcare il naso nella mia vita sentimentale, era esprimere la mia frustrazione. «Ci siamo appena fidanzati.»

«Lo so. La progressione naturale è che poi pianifichi un matrimonio. È una conclusione scontata, quindi perché trascinare i piedi?» chiese con un sorriso.

Ricordai che solo pochi mesi prima, zia Lea aveva condiviso le sue frustrazioni di quando era più giovane, prima di sposare Jacob. Vedi, lei era una Wicked, la sorella di mio padre, e destinata a sposare Jacob Good. Il ramo della famiglia Good di Jacob non era nemmeno della zona. L'incantesimo era stato chiaro, e la sua famiglia si era trasferita a Charm Cove quando lui era un ragazzo per garantire che il destino si compisse. Chiaramente, la sua empatia per i miei sentimenti riguardo all'essere costretta a fare cose era durata poco.

Quando la guardai, sorrise, alzando una spalla in un'alzata di spalle. I suoi occhi blu scintillavano mentre prendeva un'altra piccola bottiglia per versarvi dentro qualunque pozione stesse preparando. Il fatto è che amavo Liam e *volevo* sposarlo. Volevo solo farlo alle nostre condizioni, invece che a quelle delle nostre famiglie invadenti. In realtà avevamo parlato un po' di pianificare il nostro matrimonio, ma non avevamo deciso nulla. Non avevo intenzione di rivelare questo.

Socchiusi gli occhi, appoggiando una mano sul fianco. «Ci penseremo noi. Sarà il *nostro* matrimonio, la parola chiave è *nostro* matrimonio. Non tuo, e non delle nostre famiglie collettive.»

Non osai lasciarmi sfuggire che una delle idee che Liam ed io avevamo considerato era di fuggire e poi tornare per organizzare una festa. Avevo bocciato quell'idea, se non altro perché sapevo che avrebbe spezzato il cuore di mia madre.

Lea fece tsk-tsk e distolse l'attenzione da me mentre misurava attentamente una pozione. «Ti sto solo prendendo in giro, cara. Immagino che lo sentirai dire da altri oltre che da me. Tra tutti, Jacob ed io saremo i più pazienti. Come ti ho detto, se pensi che sia brutto ora, sii grata che siano passati trentacinque anni. I tempi moderni aiutano. Cambiando argomento, sei passata da The Ink Spot questa mattina?»

«Certo. Sally era lì e ha detto che avrebbe parlato con Albert per farlo stampare entro domani.»

«Oh perfetto. Le gemelle sono così entusiaste. Celia era online questa mattina inserendo le lettere in un generatore di frasi. Ci sono centinaia di opzioni. Sarà utile avere persone della comunità che guardano perché qualcuno potrebbe sapere cosa sia più significativo.»

Al suono del campanello che tintinnava di nuovo dal negozio, mi affrettai via. «Torno al lavoro,» dissi da sopra la spalla.

———

Più tardi quel pomeriggio dopo che Lea se n'era andata, le gemelle erano nel negozio a prezzare tutta la nuova merce e a organizzarla sugli scaffali sul retro. Stavo presidiando la cassa quando mio fratello, Gabriel, passò a trovarmi.

«Che succede?» chiesi quando entrò dalla porta.

Gabriel fece un sorriso. «Passo solo per salutare. Ero in banca, e sei a solo due porte di distanza.» Appoggiò un fianco contro la vetrina mentre si guardava intorno nel negozio.

«Per favore dimmi che non ci sono stati altri atti di vandalismo a Mystic Maple.»

Scosse la testa. «No, niente da ieri. Ho un pacco all'ufficio postale da ritirare, quindi vado lì dopo. Immagino sia il sistema di sicurezza che ho ordinato, telecamere e tutto il resto.»

«Perché non hai usato Windy Bay Security?» chiesi, facendo riferimento a una società di sicurezza nella città vicina che serviva aziende e case a Charm Cove.

«Oh, ho dimenticato di dirtelo. Stavo pensando di farlo, ma poi ho parlato con Stan Ouellette. Hanno un sistema da loro, ed è stato inutile. Tutte le registrazioni di sicurezza erano vuote durante quel periodo. Questo mi fa chiedere se la società di sicurezza abbia qualcosa a che fare con tutta la faccenda. Ma, per quanto ne so, non hanno interessi in nessuna delle principali imprese di sciroppo d'acero.»

«Ne hai parlato con Daniel?»

Gabriel annuì. «Sì, sono passato da lui stamattina. Avrei dovuto chiamarti ieri sera, ma ero occupato. Ho fatto un ordine online ieri sera per la consegna accelerata di un sistema.»

Tamburellai con le dita sul bancone mentre consideravo la società di sicurezza, cercando di pensare a cosa sapessi della famiglia che la possedeva. Non sapevo nulla di notevole su di loro. Non c'erano streghe o stregoni nella famiglia. Non si penserebbe che la sicurezza faccia molti soldi qui, ma coprivano molte delle città vicine e le attività che necessitavano di sicurezza durante l'estate con l'afflusso di turisti.

«Beh, è interessante. Non so cosa pensare delle registrazioni di sicurezza vuote. Cosa ne pensa Daniel?» chiesi.

Gabriel ridacchiò. «Ha detto la stessa cosa, che era interessante. Sono sicuro che indagherà. Nel frattempo, ho ordinato uno di quei sistemi remoti che posso monitorare da solo. In questo modo, non devo affidarmi a nessun altro e alle loro apparecchiature. Comunque, vuoi trovarci più tardi da Enchanted Spirits? Ho incontrato Nathan, e ci vedremo lì».

«Certo, io e Liam faremo un salto. Dobbiamo accompagnare i gemelli a casa dopo che chiudo questa sera, ma non ci vorrà molto».

Gabriel si raddrizzò, staccandosi dalla vetrina. «Passerò all'ufficio postale e ci vediamo stasera allora».

CAPITOLO OTTO

Non molto più tardi, era l'ora di chiusura. Avevo detto a Liam che volevo andare al negozio di caramelle d'acero con le gemelle dopo il lavoro, quindi lui aveva pianificato di venirci a prendere lì. Le gemelle erano entusiaste. Innanzitutto, adoravano le caramelle d'acero, ma più di tutto, amavano sentirsi parte di qualsiasi cosa riguardasse la risoluzione di misteri. Dopo il loro lavoro investigativo quando avevano aiutato a catturare l'uomo che aveva commesso una serie di furti in città, avevamo collettivamente deciso che includerle in tutto ciò che potevamo era meglio che farle agire per conto proprio.

In questo modo, potevamo tenerle d'occhio. Ho pensato che visitare il negozio di caramelle d'acero fosse abbastanza sicuro, e dovevamo parlare con la donna che lo gestiva.

Celia è uscita saltellando dal retro, con la coda di cavallo che ondeggiava e gli occhi azzurri che brillavano. «Siamo pronte ad andare?» ha chiesto.

«Quasi, lasciami prima lanciare gli incantesimi nel retro.»

Mi sono affrettata nel retro per trovare Delia che si stava mettendo il cappotto. Le due si assomigliavano così tanto che chiunque non fosse della famiglia le confondeva facilmente.

Stavo per lanciare io stessa l'incantesimo di protezione quando mi sono ricordata che avevo promesso di far esercitare le gemelle. «Ok, sei pronta?» ho chiesto, guardandola mentre si avvicinava.

Gli occhi azzurri di Delia si sono illuminati e lei ha annuito. Chiudendo gli occhi, ha fatto un respiro profondo e poi ha ruotato il polso in cerchio. Un bagliore color lavanda è apparso nell'aria prima che aprisse gli occhi. «Controlla» ha detto.

Ho controllato rapidamente e ho percepito che l'incantesimo era attivo. «Ci sei riuscita! Ok, ora mi occuperò dell'incantesimo di blocco.» Con un movimento del polso, ho aggiunto un altro incantesimo per impedire che qualcosa venisse trasportato all'interno. Non che avessimo molto di cui preoccuparci, ma preferivo non rischiare. Gli incantesimi di blocco richiedevano un po' più di lavoro rispetto a quelli di protezione.

Le gemelle avevano la magia. In effetti, erano piuttosto potenti, avendo già sviluppato la capacità di immobilizzare le persone. Ma non disponevano della gamma di incantesimi delle streghe adulte. Immaginavo che ci sarebbero arrivate abbastanza presto.

Poi, siamo partite. Abbiamo chiuso e ripetuto gli incantesimi all'esterno. Me ne sono occupata io personalmente perché dovevamo procedere e non attirare l'attenzione. Era una serata invernale grigia e nuvolosa. Il sole al tramonto tingeva le nuvole di rosa e lavanda mentre camminavamo lungo la strada verso Maple Mayhem.

Maple Mayhem non era gestito da una famiglia di streghe, anche se la famiglia Sweet era a Charm Cove da diverse generazioni. Gli Sweet erano amichevoli con le streghe e conoscevano i poteri, poiché alcuni membri della loro famiglia si erano sposati con famiglie di streghe nel corso delle generazioni.

Era una graziosa attività in una vecchia casa ristrutturata, come molte attività commerciali. A differenza di alcune imprese, la famiglia non viveva qui perché produceva caramelle al piano superiore della vecchia casa. Il piano terra era la parte dedicata alla vendita al dettaglio, mentre al piano superiore c'erano tutte le attrezzature per la produzione. Vendevano qualsiasi cosa potesse essere fatta con lo sciroppo d'acero trasformato in caramelle.

Entrando, ho fatto un respiro profondo. Il posto aveva un profumo delizioso di acero. Una delle proprietarie, Helen, era occupata con un cliente al bancone espositivo che correva lungo la parete posteriore. Le gemelle ed io abbiamo girovagato. Il negozio era ancora ben fornito, anche se sapevo dalla riunione improvvisata all'Enchanted Spirits dopo il furto che le loro scorte avrebbero iniziato a esaurirsi entro un mese. Immaginavo che fossero preoccupati se togliere ora le cose dagli scaffali o aspettare e sperare per il meglio.

«Ragazze, andate avanti e trovate qualcosa che vi piacerebbe» ho detto.

Mi hanno rivolto sorrisi identici e hanno iniziato a cercare con entusiasmo. Ho guardato casualmente intorno mentre aspettavo che Helen finisse di servire il cliente. Non appena il cliente si è allontanato, mi sono diretta verso il bancone. «Ciao, Helen» ho detto.

Mi ha guardato con un sorriso. «Oh ciao, Moira, cosa posso fare per te?»

«Sono sicura che le gemelle troveranno alcune cose, ma volevo solo venire a vedere come stavano andando le cose considerando tutto quello che è successo.»

Helen ha stretto le labbra e sospirato. «Per ora stiamo bene, ma sto avendo difficoltà a trovare altri distributori per lo sciroppo d'acero. Questo è il periodo dell'anno in cui tutti si stanno preparando per l'estate. Saremo nei guai se non troviamo presto una soluzione locale. Hai sentito qualcosa?» ha chiesto.

«Alcune cose qua e là» ho risposto, riassumendo rapidamente le varie ipotesi, tra cui gli adolescenti che creano problemi, lo stregone nella potenziale proprietà pignorata, e poi le mie ultime notizie da Gabriel sui sistemi di sicurezza.

Ha annuito, confermando che l'unica cosa che sapeva era quella riguardante le telecamere di sicurezza che non funzionavano per coloro che le avevano.

«Non so nemmeno cosa pensare di questo, però. La famiglia che gestisce l'azienda di sicurezza non ha poteri magici. Per quanto ne sappiamo, non hanno alcun legame con nessuna delle aziende di zucchero d'acero. Penso che la nostra ipotesi migliore sia Tom Lewis in quella vecchia proprietà. Lui sarebbe in grado di fare qualcosa con la linfa d'acero, a differenza di quasi chiunque altro.»

«Mi dispiace per lui, ma che pasticcio» ha detto. «Immagino che Daniel sappia tutto questo.»

«Certo che lo sa. Spero che magari far stampare le lettere a The Ink Spot ci aiuti a individuare qualcosa o qualcuno.»

«Spero proprio di sì, perché preferisco acquistare localmente. Ho un posto in Vermont che potrebbe procurarmi delle scorte entro quando esaurirò le nostre riserve. In ogni caso, mi costerà un occhio della testa perché è un ordine a breve termine. Quando ordino in anticipo, ottengo degli sconti. Non vedo l'ora che arrivi l'estate se non risolviamo presto questa situazione.»

«Beh, molte persone sono sul piede di guerra per questa faccenda, quindi sono sicuro che ci riusciremo.»

«Moira, siamo pronte», chiamò Celia mentre le gemelle giravano attorno a una delle vetrine. Il piccolo cestino che avevano preso all'ingresso era quasi pieno.

«Ragazze, ho detto che potevate prendere *alcune* cose», dissi ridendo mentre si avvicinavano al bancone.

Delia scrollò le spalle. «Cosa significa alcune?»

«Significa tre, e lo sai benissimo se vogliamo essere precisi. Riducete a tre articoli ciascuna, per favore.»

Helen, dietro il bancone, ridacchiò con me. Le gemelle esaminarono obbedientemente il cestino, scegliendo i loro tre articoli preferiti e rimettendo il resto sugli scaffali.

Mentre Helen ci stava facendo il conto, arrivò Liam, entrando a grandi passi e facendomi l'occhiolino quando gli lanciai uno sguardo. Ovviamente, quell'occhiolino e il suo mezzo sorriso mi provocarono un piccolo turbamento nel ventre. Speravo che un giorno sarebbe arrivato in cui non mi avrebbe fatto questo effetto così facilmente. Non che mi dispiacesse di per sé, ma comunque.

«Ciao», disse quando raggiunse il mio fianco, fermandosi per stamparmi un bacio sulla guancia.

«Saranno ventidue dollari esatti», disse Helen.

«Ci penso io», disse Liam rapidamente, porgendo la sua carta di credito prima ancora che avessi la possibilità di tirare fuori il portafoglio dalla borsa.

«Posso pagare io», obiettai.

«Lo so, ma ci penso io», disse con un altro occhiolino.

Mentre uscivamo qualche minuto dopo, con la mano calda di Liam sulla mia schiena e le gemelle che camminavano accanto a noi, alzai lo sguardo. «Ho detto a Gabriel che potremmo incontrarci al bar più tardi. Volevo mandarti un messaggio.»

«Dato che Nathan mi ha già mandato un messaggio a riguardo, stavo per dirti la stessa cosa.»

Dopo aver accompagnato le gemelle a casa, ci dirigemmo di nuovo in città per una serata con gli amici all'Enchanted Spirits. Il calore ci avvolse appena entrammo. Il piccolo e accogliente bar era affollato di amici e conoscenti. La mano di Liam era calda intorno alla mia mentre ci facevamo strada tra i tavoli, trovando Nathan e Gabriel con mia cugina Emma e il suo fidanzato Jackson.

«Ho trovato un tavolo abbastanza grande per voi due», disse mio fratello con un occhiolino, indicando con il mento le due sedie vuote rimaste attorno al tavolo circolare. Liam e io ci sedemmo, mentre lui attirò l'attenzione della cameriera con un cenno.

«Allora, come va?» chiese Liam a Nathan.

«Tutto come al solito. Oggi ho installato le mie telecamere. Grazie a Dio ho parlato con te ieri», disse, spostando lo sguardo verso Gabriel.

«Oh, intendi perché stavi per affidarti a quella società di sicurezza locale?» chiese Gabriel.

«Esatto, sarebbe stato un disastro. Non so se abbiano fatto qualcosa, ma se devo avere un sistema di sicurezza, preferisco che funzioni davvero.»

«Da quando me l'hai menzionato, mi sono chiesta se le immagini vuote della società di sicurezza potessero essere opera di un incantesimo.»

Gabriel annuì, fermandosi per bere un sorso della sua birra. «Ho pensato la stessa cosa. Non voglio correre rischi se stanno tramando qualcosa.»

«È esattamente quello che penso anch'io», aggiunse Nathan.

La cameriera arrivò e ordinammo bevande e alcuni antipasti da spiluzzicare.

«Quindi questa faccenda dell'acero è un grande affare», commentò Jackson dopo che la cameriera si allontanò con il nostro ordine.

«Puoi dirlo forte. Gestire il faro non mi porta alcun reddito a causa del modo in cui l'abbiamo strutturato come monumento nazionale. L'attività dello sciroppo d'acero costituisce la maggior parte del mio reddito, e non sono nemmeno l'operazione più grande in città», spiegò Nathan.

«Sì, non posso dire di averlo iniziato per i soldi, ma volevo diversificare», aggiunse Gabriel. «Il mio lavoro online è ottimo e mi tiene occupato, ma non mi piace essere incatenato al computer tutto il giorno. Ho investito un sacco di soldi per rimettere tutto a posto. Questo scherzo mi farà perdere parecchio.»

«Sappiamo quando The Ink Spot pubblicherà le lettere?» chiese Emma.

«Sally ha detto probabilmente domani. L'ho chiamata questo pomeriggio e ha confermato che Albert ha dato il permesso di pubblicarle. Sally è entusiasta di trasformarle in un cruciverba a frase. Io voglio solo vedere se qualcuno può aiutare a capire quale potrebbe essere la frase. Nel frattempo, penso che qualcuno, preferibilmente più di uno di noi, debba andare a far visita a Tom Lewis. Dopo aver parlato con Isobel, mia madre ha indagato. La proprietà apparteneva alla famiglia di sua moglie. Doveva tornare alla sua famiglia se non avessero avuto figli. Non credo sia stata una sua decisione, ma è così che l'atto era stato redatto, quindi lui è in difficoltà finanziarie. Una volta gestivano un'attività di sciroppo d'acero piuttosto grande nella fattoria. Allora, chi vuole venire con me a fargli visita?»

Potevo sentire lo sguardo di Liam su di me. Lanciai un'occhiata quando la cameriera arrivò con le nostre bevande e gli antipasti. «Cosa?» chiesi non appena la cameriera si allontanò.

«Perché devi sempre offrirti volontaria?» chiese, con un luccichio negli occhi.

Misi in bocca una patatina dolce e alzai le spalle. «Non lo so.»

Emma intervenne. «Perché è curiosa.»

Le lanciai un'occhiataccia mentre Liam ridacchiava e Gabriel annuiva. «Moira vuole sempre essere al centro di tutto.»

«Ehi, sono io quella che ha lasciato la città per qualche anno.»

«Sì, e appena sei tornata, ti sei ritrovata dritta nel bel mezzo di tutto», scherzò Gabriel.

«Non è colpa mia se mi sono trovata lì quando è apparso un cadavere nella fontana», protestai.

«Va bene, sono curiosa anch'io. Verrò con te domani», offrì Emma con un sorriso.

Jackson la guardò, scuotendo la testa. «Forse uno di noi dovrebbe venire con voi due. Non vedo Tom Lewis da anni, ma è un vecchio burbero.»

«Concordo», disse Liam. «Compravamo legna da lui, anni fa. Mio padre giura che sia una brava persona. Sono sicuro che lo sia, ma amichevole non è la parola che viene in mente. Era uno stregone maledettamente potente ai suoi tempi, quindi ora lo è ancora di più.»

«Bene, Emma e io andremo, quindi chiunque voglia venire con noi è il benvenuto.»

«Qual è lo scopo di tutto ciò?» chiese Gabriel.

«È un sospetto. Tanto vale andare a vedere se c'è qualcosa di strano», disse Emma.

«Se sta nascondendo qualcosa, non sono sicuro che presentarsi alla sua porta sia il modo migliore per scoprirlo», aggiunse Liam.

«Allora farò semplicemente la mia cosa», dissi prima di bere un sorso di vino. Percepii il sospiro di Liam. «Cosa?» chiesi, guardandolo di nuovo. Afferrai un'altra patatina di patata dolce e la intinsi nella cremosa salsa al rafano.

«Cosa?» chiese Jackson.

«Il comodo potere di Moira di teletrasportarsi nei luoghi e poi uscirne. È un po' subdolo», spiegò Emma.

Le sopracciglia di Jackson si inarcarono. «Utile. Dove andresti?»

«Beh, l'unico posto dove dobbiamo andare per vedere se sta succedendo qualcosa con l'attività dell'acero è il vecchio capannone di produzione. Non conosco bene la disposizione del posto, ma ricordo di esserci andata da bambina. Mia madre comprava lo sciroppo d'acero da loro ogni anno prima di iniziare a sfruttare i suoi alberi. I capannoni si trovano più avanti sulla strada rispetto alla casa».

«Hanno un sacco di terreno», aggiunse Gabriel. «È una fregatura, ma capisco perché la sua famiglia ha stabilito l'atto in quel modo. Quella proprietà vale un sacco di soldi».

«Le persone sono strane quando si tratta di denaro», commentò Liam.

«Beh, comunque sia, dovremmo fare una visita. Voglio dire, è nella lista dei possibili sospetti. L'unico modo per escluderlo è andare là fuori. È abbastanza facile se mi teletrasporto nel capannone dove si trova l'attrezzatura per la lavorazione».

Emma annuiva, mentre Gabriel roteava gli occhi e scuoteva la testa. Percepivo che Liam non fosse entusiasta del mio piano, ma non mi aspettavo che lo fosse. Per situazioni come questa, questo mio particolare potere era molto utile.

Più tardi quella sera, mentre tornavamo a casa, Ghost saltò sulla spalla di Liam appena entrammo. Liam lo afferrò rapidamente prima che Ghost potesse rimbalzare sul pavimento. Ghost gli lanciò un'occhiata torva, ma poi iniziò a fare le fusa quando Liam gli grattò sotto il mento prima di metterlo a terra.

Dopo aver appeso i cappotti e tolto le scarpe, Liam accese un fuoco nel camino, e io andai in cucina per dare a Ghost una cena piuttosto tardiva. Non che Ghost non avesse il suo cibo a disposizione tutto il tempo, ma era viziato fino al midollo, e io gli davo cibo umido mattina e sera. Aspettò pazientemente, con la coda che si agitava mentre mettevo un po' di cibo nella sua ciotola.

Lasciando Ghost a godersi la sua cena, attraversai il soggiorno. Liam alzò lo sguardo mentre il fuoco prendeva vita nei ceppi. Fermandomi davanti a lui, incontrai il suo sguardo pensieroso. «Che c'è?» chiesi.

Afferrò una delle mie mani nella sua e mi attirò più vicino. Lo urtai leggermente, con il cuore che mi batteva forte. «Sembri preoccupato», aggiunsi.

«Mi chiedo solo quando riuscirò a convincerti a non teletrasportarti in luoghi a caso quando non siamo sicuri che sia sicuro», disse con una risata sommessa.

«Non è proprio a caso. Inoltre, è una buona opzione. Posso sempre teletrasportarmi fuori altrettanto velocemente».

Il suo pollice accarezzò il dorso delle mie nocche mentre mi guardava in silenzio. «So che potrebbe essere una buona idea, ma non andrai da sola».

«Non voglio andare da sola. Tu puoi venire, Emma ci sarà, e anche Gabriel vuole venire».

Gli occhi di Liam percorsero il mio viso mentre annuiva lentamente. «Facciamolo prima piuttosto che dopo». Poi, abbassò la testa e posò le sue labbra sulle mie. Dimenticai convenientemente di preoccuparmi della linfa d'acero rubata e dei secchi mancanti.

CAPITOLO NOVE

Tra una cosa e l'altra, passarono alcuni giorni prima che potessimo incontrarci tutti alla fattoria di Tom Lewis. Come previsto, c'eravamo Liam, Emma, Gabriel, Jackson e io. Jackson aveva deciso di unirsi perché era preoccupato per Emma.

Liam era andato il giorno prima per guidare intorno al perimetro della proprietà e farsi un'idea di cosa si trovasse dove. Lui e Gabriel avrebbero aspettato in macchina, mentre io mi sarei teletrasportata alla fattoria. Emma e Jackson avrebbero cercato di parlare con Tom in casa.

Era una giornata fredda e ventosa, ma in effetti non sapevo se esistesse un singolo giorno di fine inverno che non potesse essere descritto in questo modo. Il cielo era di un blu intenso e il sole scintillava sulla neve. Faceva un freddo pungente, con il vento che soffiava forte attraverso i campi sollevando la neve in mulinelli.

Ci fermammo sul ciglio della strada circa un chilometro e mezzo prima di arrivare al vialetto di Tom. Emma mi chiamò al telefono. «Ok, siamo pronti?»

«Sì. Andate avanti voi, nella speranza che sia in casa. Una volta che mi confermerai con un messaggio che è effettivamente lì, mi teletrasporterò nel fienile.»

«Capito. Intanto state andando verso i fienili, giusto?»

«Questo è il piano. Facciamolo», rispose Liam.

Davanti a noi, Jackson imboccò il lungo vialetto che portava alla casa di Tom Lewis. Nel frattempo, Liam superò quel vialetto di circa ottocento metri e girò all'estremità della strada che conduceva ai fienili dove un tempo si svolgeva la produzione dello sciroppo d'acero.

Dopo qualche momento, il mio telefono vibrò con un messaggio di Emma. «È qui!»

Guardai Liam. «Entro.»

«Stai attenta, sorellina», disse Gabriel da dietro di me. Lanciai un'occhiata oltre la spalla con un occhiolino. «Sempre. Con Emma e Jackson che parlano con Tom, ho un po' di tempo.»

Guardando di nuovo verso Liam, lui sostenne il mio sguardo in silenzio. «Stai attenta. Promettimi che te ne andrai se qualcosa ti sembra strano.»

«Lo sai.»

Sporgendomi attraverso la console, lo baciai velocemente. Dopo aver fatto un respiro profondo, chiusi gli occhi e concentrai tutta la mia energia. In un attimo, la magia raggiunse il culmine dentro di me e un fumo scintillante apparve nella mia visione. Aprendo gli occhi, lanciai l'incantesimo. Era un po' come lanciare un frisbee e scivolare attraverso un tunnel.

Dopo un momento vorticoso, apparvi al centro del fienile della lavorazione dell'acero. Era completamente silenzioso e sembrava abbandonato. Lo spazio era molto ampio, con file di attrezzature coperte di polvere. C'erano alcune porte sul retro, che presumevo portassero a uffici e forse a un bagno.

Anche se il mio istinto iniziale mi diceva che non c'era nulla di cui preoccuparsi, pensai che tanto valeva assicurarmi di controllare tutto. Sebbene lo spazio sembrasse vuoto per quanto potessi dire, camminai in punta di piedi verso il retro e aprii le porte. C'erano un bagno, quella che sembrava una sala pausa di quando l'attività era in funzione e un ufficio.

L'unica cosa degna di nota era un secchio per la linfa posizionato sulla scrivania dell'ufficio. Questo secchio aveva un'etichetta della Munns Maple, una delle più grandi aziende produttrici di sciroppo d'acero di Charm Cove. Sospettai immediatamente che anche questo secchio fosse stato trasportato qui proprio come tutti gli altri. Avvicinandomi in punta di piedi, guardai dentro, non sorpresa di vedere ancora un altro foglietto di carta piegato. Proprio mentre allungavo la mano nel secchio per prenderlo, ci fu un trambusto nel fienile.

«Chi diavolo credi di essere?» tuonò una voce.

Oh cavolo. Sembrava che mi avessero scoperta.

Valutai se teletrasportarmi via o meno. Prima che avessi la possibilità di farlo, la voce di Emma risuonò. «Moira!»

Gemetti silenziosamente. Allungando la mano nel secchio, afferrai quel pezzetto di carta e me lo infilai in tasca. Dopo aver fatto un respiro profondo, uscii dall'ufficio. Tom Lewis era lì in piedi con Emma che si affrettava a entrare nel fienile dietro di lui. Incrociò il mio sguardo e alzò le spalle con un'espressione di scusa. Non sembrava spaventata, e non percepivo che Tom avesse intenzioni dannose, anche se sembrava proprio irritato.

Tom Lewis mi fissava, assomigliando un po' troppo all'idea stereotipata di un antico stregone. I suoi capelli argentei erano selvaggi e in disordine, sporgevano in piccoli ciuffi su tutta la testa. La barba andava in tutte le direzioni, e i suoi occhi blu erano luminosi e puntati direttamente su di me. Per completare il tutto, teneva una bacchetta in mano. Al momento, speravo per il meglio, perché non stava puntando la bacchetta in nessuna direzione.

Non molto in linea con l'idea di un antico stregone era il suo paio di tute di jeans logore e la camicia di flanella a quadri. Emma raggiunse il suo fianco. «Moira non intendeva fare del male, Tom. Noi stavamo solo...»

Le sue parole si spensero quando lui distolse gli occhi da me e la fulminò con lo sguardo. «Sarò anche vecchio, ma non sono stupido. Tipico di una Wicked teletrasportarsi nella mia proprietà senza permesso. Cosa diavolo pensi di fare?»

Gesticolò con la bacchetta mentre parlava. Lo osservai, pensando che non sembrava intenzionato a farmi del male, o a farlo a qualcun altro. «Tom, mi dispiace. Con tutto quello che sta succedendo con il furto della linfa d'acero, c'era il timore che potessi avere qualcosa a che fare con la questione.» Optai per la semplice verità, sperando che funzionasse.

Liam entrò di corsa dalla porta con mio fratello e Jackson subito dietro. I suoi occhi passarono velocemente da Tom a me, ma vidi la tensione nel suo sguardo iniziare a diminuire leggermente mentre rallentava fino a camminare.

Tom chiuse gli occhi e scosse lentamente la testa. «Ah. Avrei dovuto pensarci. Non ho tempo per occuparmi di tutta quella linfa d'acero, anche se ho l'attrezzatura», disse, indicando con un gesto l'interno del fienile. Fece un respiro profondo e lo lasciò uscire con un sospiro, facendo scivolare la bacchetta in una tasca laterale della sua salopette.

Un altro po' di tensione si sciolse dentro di me. Era chiaro che non aveva alcuna intenzione di farci del male. Aveva tutto il diritto di essere infastidito dalla mia presenza qui dentro. Decisi che il silenzio fosse la mia opzione migliore in quel momento.

Tom sospirò di nuovo mentre appoggiava il fianco contro il tavolo d'acciaio che attraversava il centro della stanza.

«Non che questo giustifichi il fatto che ti sei teletrasportata qui mentre gli altri cercavano di distrarmi», fece una pausa, facendo scorrere lo sguardo tra noi, «ma quando ho percepito che qualcuno era entrato, ho pensato fosse l'avido cugino della mia defunta moglie Hettie. Molti di voi sono probabilmente troppo giovani per saperlo, ma tra le altre cose, posso percepire una presenza magica ovunque io tracci un cerchio di protezione. È un po' complicato in aree più vaste, ma Hettie ed io abbiamo vissuto qui insieme per cinquant'anni. Mi hanno trascinato in tribunale per una scrittura falsificata di questa proprietà. Lei non era vicina al lato paterno della famiglia e ha ereditato questa proprietà da sua madre. Il cugino, Ronald, è quello dietro tutto questo pasticcio. Pensano di avere qualche diritto su questa terra anche se non è mai appartenuta a loro. Ho dovuto cacciarli via un paio di volte».

Scosse la testa e rise piano. Alzando una mano, indicò lo spazio circostante. «Date un'occhiata. Non c'è niente di strano qui. Quel secchio nell'ufficio è apparso ieri. Qualcuno l'ha mandato qui con la magia, ovviamente. Avevo intenzione di prenderlo per portarlo alla polizia. Semplicemente non ho ancora avuto il tempo di farlo».

Il mio cuore si strinse per il vecchio Tom. Era uno stregone potente, e sembrava che fosse stato messo in una situazione difficile per questa proprietà. Lo sguardo addolorato di Emma incontrò il mio.

«Mi dispiace, Tom. C'è qualche modo in cui possiamo aiutarti con la questione della proprietà?» chiesi, sentendomi sciocca per averlo sospettato di qualcosa.

Tom si raddrizzò, staccando il fianco dal tavolo e camminando lentamente. La sua età era evidente, ogni passo attento e misurato. «No. Dovrebbe risolversi da sé. Hanno registrato l'atto falsificato dopo che lei ha ereditato la proprietà da sua madre. Vogliono solo la proprietà per i soldi. Hettie teneva buoni registri e tutto è in ordine. Devo solo passare attraverso il processo. Comunque avevo intenzione di chiamarti», disse, voltandosi di nuovo verso di noi che stavamo al centro del fienile e trafiggendo mio fratello con lo sguardo.

«Oh?» disse Gabriel.

«Esatto. Anche se sono pronto a combattere per l'atto, una cosa nell'atto di merda che hanno registrato diceva che se l'attività di produzione dello sciroppo d'acero fosse in funzione, sarebbe stata lasciata in pace. Ho sentito che hai riavviato il posto del tuo vecchio zio. È così?»

Gabriel annuì lentamente. «È così. Non sono sicuro di cosa c'entri con questo posto».

«Beh, voglio offrirti di farne ciò che vuoi. Se lo fai funzionare, è tuo. La proprietà è separata dalla nostra casa. Tutto ciò che chiedo è che tu faccia le cose per bene e non mi prenda in giro. Niente di questi giochetti con l'intrufolarsi di nascosto».

Gabriel rise piano.

«Questa è stata una mia idea», intervenni, sentendo che dovevo mettere la colpa esattamente dove apparteneva: su di me. La verità era che se non avessi avuto il potere di teletrasportarmi qui, non saremmo qui.

Gli occhi di Tom brillarono mentre mi guardava. «Hai più potere che buon senso in questo momento. Non devi darmi la tua risposta ora», disse, guardando di nuovo mio fratello. «Pensaci su, ma ho molto più spazio qui di quanto ne hai nella fattoria del tuo vecchio cugino».

«Apprezzo l'offerta», disse Gabriel con un cenno. «Ci penserò, ma sarebbe una mossa intelligente se voglio davvero fare qualcosa del posto di mio zio. Confina già con questa proprietà sul lato più lontano».

«Esattamente. È per questo che ho pensato di chiamarti. C'è una fascia di aceri che attraversa questa zona, ed è per questo che ci sono diverse fattorie per lo sciroppo d'acero qui», disse Tom. «Sei sicuro di volerlo fare con tutto quello che sta succedendo?»

«Immagino che questa situazione passerà», offrì Liam.

Tom mi fece l'occhiolino. «Con la tua ragazza qui che indaga, sono sicuro che scopriremo chi è il responsabile. Non posso dire di averci indagato, perché non l'ho fatto, ma se dovessi scommetterci, punterei su uno dei quattro principali distributori in città. Non credo sia tuo cugino Nathan, quindi si restringe ad altri tre».

«Cosa te lo fa pensare?» chiese Emma.

«Perché è logico. Magia a parte, il rasoio di Occam è ancora valido. Sono sicuro che lo sapevate già senza che ve lo dicessi, dato com'è la vostra famiglia, ma quei secchi non si sono spostati da soli. Qualcuno con potere li ha teletrasportati ovunque. Non cercate più lontano del necessario».

Tom riprese la sua lenta camminata fuori dal fienile, e noi lo seguimmo tutti. Le auto di Liam e Jackson erano qui ora, quindi dedussi che Emma era corsa dalla casa mentre loro dovevano essere arrivati in macchina.

Una volta fuori, Tom si fermò, guardando di nuovo Gabriel. «Questo posto non è chiuso a chiave, quindi dai pure un'occhiata in giro e fammi sapere tra un paio di giorni cosa vuoi fare. Se lo vuoi, tutto ciò che c'è in questi fienili è tuo da usare. Puoi ancora vedere tutte le vecchie linee negli alberi, quindi non sarà troppo lavoro rimetterle in funzione».

Con un occhiolino e un cenno, Tom si voltò e tornò verso la sua casa. Lo guardammo mentre scompariva in uno stretto sentiero tra gli alberi.

CAPITOLO DIECI

Quella sera, Liam e io andammo a cena al Charm Café. Dopo la nostra movimentata mattinata alla fattoria di Tom, avevo avuto una giornata lavorativa intensa e non desideravo altro che qualcuno si occupasse della mia cena.

Una volta seduti, diedi uno sguardo al piccolo caffè. Questo posto riusciva a rimanere affollato tutto l'anno. Servivano cibo straordinario e avevano specialità locali per tutto l'inverno. Il ristorante era ospitato in una vecchia casa in stile cape su una scogliera che si affacciava sull'Oceano Atlantico. Il piano inferiore era stato ristrutturato per la sala, mentre la cucina si trovava al piano di sopra con il cibo inviato giù tramite un montavivande. Un bancone correva lungo la parete posteriore.

Mi appoggiai allo schienale della sedia, guardando fuori nell'oscurità. Le stelle erano luminose e la luna proiettava un riflesso scintillante sulla superficie scura dell'oceano. Tornando a guardare Liam, presi un sorso del mio vino e lo osservai. «Mi sento terribile per stamattina», dissi.

Liam ridacchiò, con gli occhi che si increspavano agli angoli mentre sorrideva. «Oh, e perché?»

«È stato un po' avventato da parte mia teletrasportarmi lì dentro.

Ora che conosciamo tutta la storia, mi sento in colpa. Tutto qui. Tom è un uomo gentile».

«Quindi forse ora non dovrò più trattenerti dal teletrasportarti a casaccio ovunque?» ribatté con un luccichio negli occhi.

Alzai gli occhi al cielo. «Lo considererò più attentamente. Tom l'ha presa bene».

«Questo è vero. Isobel non aveva tutte le informazioni. È incredibile come poche lacune nella storia possano far sembrare tutto completamente diverso. Cosa pensi che farà Gabriel?»

Con una scrollata di spalle, risposi: «Non sono sicura. Come ha detto stamattina, sarebbe una mossa intelligente. Immagino che lo farà. Vuole espandere l'attività di produzione dello sciroppo d'acero, quindi ha senso. È un buon affare e integrerà il suo lavoro online. Dice che si stanca di stare sempre al chiuso. Inoltre, sembra che salverà quella parte della proprietà dal cugino di Hettie».

«Sarebbe bello», rispose Liam. «Mi dispiace vedere Tom in quella situazione».

Stavo per rispondere quando sentii qualcuno chiamare il mio nome e quello di Liam. Guardando oltre, vidi Opal Good, la zia di Liam, che si avvicinava al nostro tavolo. Opal indossava il suo tipico outfit composto da pantaloni e pratici stivali da passeggio in pelle con una camicetta. In inverno, aggiungeva un cappotto nero a doppiopetto. I suoi capelli argentati erano raccolti in uno chignon e gli occhiali pendevano da una catenella intorno al collo.

«Ciao a voi due», disse Opal quando raggiunse il nostro tavolo, il suo sguardo azzurro e perspicace che rimbalzava tra noi.

«Ciao, zia Opal», rispose Liam con un cenno. «Sei qui per cena con lo zio Theo?»

«Certamente. È appena andato a prendere un tavolo laggiù, ma volevo salutarvi. E come stai, Moira?» chiese.

Era passata appena una settimana da quando avevo visto Opal. Passava al negozio con regolarità. «Sto bene. Grazie per aver aiutato i gemelli la settimana scorsa», aggiunsi, riferendomi al suo rapido intervento nel controllare con tutte le attività locali chi avesse secchi per la linfa misteriosamente apparsi nel proprio negozio. Aveva integrato la lista di Lea e Jacob e chiamato in giro per far sapere alla gente che i gemelli sarebbero passati a raccogliere i biglietti.

Opal gestiva Beauty Bewitched per la famiglia Good. Non erano proprio nostri concorrenti e tendevano a vendere articoli complementari, principalmente focalizzati su rimedi naturali e prodotti di bellezza. Spesso ci scambiavamo clienti.

«Naturalmente. Sono stata felice di aiutare. Stamattina ho chiamato Sally a The Ink Spot per vedere se avessero ricevuto risposte al cruciverba delle frasi online. Ha detto che hanno ricevuto una marea di email. Le ho suggerito di inviarle così possiamo darci un'occhiata. Vuoi che le chieda di inviarle a te?»

«Forse ha più senso che le mandi a Daniel, e almeno a una persona tra noi, forse a Lea o a te?»

Opal e Lea erano le due più propense a diffondere rapidamente qualsiasi informazione scoperta. Personalmente non volevo essere responsabile di questo. Avevo già abbastanza di cui occuparmi.

«Perfetto. Chiamerò Sally domattina per farglielo sapere. Non posso nemmeno immaginare quante combinazioni di frasi siano possibili con quelle lettere».

«Parecchie, ne sono sicuro», offrì Liam.

Gli occhi di Opal si posarono sull'anello di fidanzamento al mio dito. Era stata lei a custodire gli anelli fino al nostro fidanzamento. Anticipai la sua domanda prima ancora che la facesse.

«Immagino che ti starai chiedendo se abbiamo già dei progetti per il matrimonio», dissi educatamente.

Opal mostrò un sorriso. Vidi Liam mordersi l'interno della guancia, probabilmente per trattenersi dal ridere ad alta voce.

«Naturalmente sono curiosa, cara. Lo siamo tutti».

«Non siamo nemmeno fidanzati da tre mesi», disse Liam con tono asciutto.

Opal alzò gli occhi al cielo. «È più che sufficiente. Vivete già insieme e il vostro matrimonio è una conclusione scontata. Sai, il destino e tutto il resto», disse con una leggera scrollata di spalle.

«Non preoccuparti. Ci arriveremo», aggiunsi.

Il nostro cameriere si fermò opportunamente al tavolo per consegnarci il cibo, dandoci la possibilità di concludere con garbo questa conversazione. Opal si fece da parte. «È stato bello vedervi. Buona cena», disse prima di voltarsi e dirigersi a passo svelto attraverso il ristorante per sedersi su una sedia di fronte a Theo.

Il nostro cameriere mi riempì il bicchiere di vino, mentre Liam rifiutò un'altra birra, dato che stava guidando. Una volta che il cameriere se ne fu andato e ci sistemammo per mangiare, guardai verso Liam. «Il nostro periodo di grazia è stato breve», dissi con una piccola risata.

Lui scrollò le spalle. «Non proprio. Sono sicuro che riceveremo alcune domande qua e là. A proposito, quando *vuoi* sposarti? Se non lo pianifichiamo noi stessi, sai che organizzeranno loro il matrimonio al posto nostro», disse scuotendo la testa mentre prendeva un altro boccone della sua bistecca.

Facendo una pausa per prendere un sorso del mio vino, considerai la sua domanda. Quando ero al liceo ed ero affascinata dal romanticismo del nostro destino, non mi ero mai addentrata nelle logistiche di ciò che significava. Dove e quando volevo sposarmi? Queste erano domande a cui non avevo pensato molto prima. «Sai, non ci ho mai pensato veramente. Forse dovremmo fuggire e sposarci in segreto».

Liam ridacchiò. «Ci sto. Poi potremmo fare un'altra cerimonia e una festa quando torniamo».

«È un'idea, anche se non la smetterebbero mai di rinfacciarci di aver privato le nostre famiglie di un matrimonio».

«E se fuggissimo in Scozia? È quello che fece la prima coppia».

Con entrambe le famiglie Wicked e Good discendenti da antenati francesi, irlandesi e celtici, la prima coppia destinata includeva una donna che viveva in Scozia all'epoca. Il promesso sposo era stato messo su una nave e mandato attraverso l'Atlantico per sposarla.

«Intendi, andare in Scozia?»

Annuì. «Perché no? Possiamo pianificarlo e poi organizzare un'altra cerimonia qui dopo. Penso che sarebbe assolutamente accettabile. Non potrebbero obiettare visto che è lì che si è sposata la prima coppia destinata».

Un turbine di anticipazione mi attraversò. «Adoro l'idea».

«Preferenze per la stagione?» chiese.

«Qualsiasi periodo dell'anno sia bello lì. Dovremo informarci».

Il nostro cameriere si fermò per vedere se avevamo bisogno di altro. Dopo che si allontanò, guardai Liam e trovai il suo intenso sguardo che mi aspettava. Il mio cuore diede un forte battito mentre realizzavo che il nostro destino stava correndo verso di noi. Mi piaceva molto questo piano. Sembrava giusto.

Sarebbe forse l'unico modo in cui potremmo sposarci senza che tutte le nostre famiglie si intromettessero così tanto che il matrimonio non sembrerebbe nemmeno nostro. Grazie alla storia del matrimonio originale tra le nostre famiglie, loro supporterebbero questa idea. Poi, potremmo lasciargli pianificare la seconda cerimonia qui e intromettersi quanto vogliono.

Dopo essere tornati a casa, uscimmo sul ponte posteriore, cosa che ci piaceva fare ogni sera finché il tempo lo permetteva. L'oceano si estendeva in lontananza, nero nella notte eccetto per un singolo sentiero luccicante dove la luna gettava la sua luce argentea sulla superficie increspata. Le stelle brillavano luminose nel cielo, e una brezza salata soffiava dall'oceano.

Era sottile, ma potevo sentire il cambiamento incrementale della temperatura, facendomi capire che la primavera stava arrivando. Proprio come gli aceri ci avevano già detto.

Ghost era seduto sulla ringhiera, guardando fuori verso la neve. Il suo pelo bianco era luminoso nell'oscurità con un accenno di luce lunare che delineava la sua silhouette.

La mano di Liam era calda intorno alla mia, e lui si girò leggermente. Con un abbassare della testa, le sue labbra incontrarono le mie, il calore un contrasto con l'aria fredda che mi mandò una scossa calda attraverso il corpo.

CAPITOLO UNDICI

Nel tardo pomeriggio del giorno seguente, Celia e Delia avevano finito di prezzare tutto l'inventario ricevuto quella settimana e avevano i nasi praticamente incollati al bancone espositivo. Avevano preso uno di quei kit di magneti a forma di lettere e tirato fuori solo le lettere che corrispondevano a quelle sui biglietti. I biglietti erano stati opportunamente consegnati a Daniel come prove ufficiali per la sua indagine.

Nel frattempo, dopo aver esaminato le varie email inviate con suggerimenti per le possibili frasi, le gemelle si erano messe a cercare di capire quante combinazioni potevano creare e quali potevano avere senso. Anche a me piacevano i giochi di parole, ma il loro entusiasmo le manteneva concentrate. Mi occupavo dei clienti e sistemavo alcune vetrine, lasciandole divertirsi con le lettere.

La maggior parte del pomeriggio fu tranquilla. Stavo aggiornando l'inventario sul computer – il nuovo sistema d'inventario impostato dalle gemelle con un piccolo aiuto di mio fratello Gabriel – quando Celia lanciò un gridolino.

«Cosa c'è?» chiesi, salvando rapidamente e avvicinandomi per vedere cosa stesse guardando.

«La moglie di Howard Munns non si chiama Livi?» chiese.

«Sì. Perché lo chiedi?»

«Perché, se ci giochi un po', il suo nome è qui dentro due volte.»

«E la V non è la lettera più comune», aggiunse Delia.

Sporgendomi, guardai in basso e vidi che avevano perfettamente ragione. «Potrebbe non significare nulla, o potrebbe significare qualcosa. Anche Munns Maple ha avuto molto succo rubato e le loro linee di consegna danneggiate. Non so se significhi qualcosa, ma è interessante. Visto che il soprannome Livi tecnicamente non è una parola, non credo sia apparso in nessuno dei generatori di frasi. Sapete se qualcuno ha mandato un'email a The Ink Spot a riguardo?»

Le gemelle si erano unite con entusiasmo alla madre nel rivedere le email dei lettori riguardo le lettere. Dovevo riconoscerlo a Sally e Rae. L'avevano trasformato in un gioco per chiunque stesse leggendo il giornale quotidiano della città, offrendo premi per ristoranti locali e simili. Di conseguenza, avevano ricevuto molte risposte e suggerimenti.

Non sapevo cosa pensare del fatto che il nome di Livi fosse una possibile opzione nella frase. «Ragazze, fatemi un favore. Controllate i nomi di tutti quelli a cui è stato rubato il succo d'acero in quelle lettere. Vediamo se ci sono altri nomi.»

Celia e Delia non amavano niente più di un incarico legato all'investigazione e prontamente scrissero una lista e si misero al lavoro. Poco dopo, riferirono che solo il nome Livi appariva.

Emma passò con Jackson a prendere le ragazze proprio pochi minuti dopo, all'ora di chiusura. «Ehi», chiamò entrando dalla porta. «Devo chiudere a chiave?»

«Vai pure», risposi.

Mettendo gli incassi del giorno e gli assegni nella borsa per il deposito in banca, sorrisi mentre Emma si avvicinava con Jackson. Sembravano andare d'accordo. Jackson mi lanciò un sorriso mentre Delia saltava su ed entusiasta iniziava a spiegare le loro scoperte del giorno.

«Che ne pensi?» chiese dopo aver spiegato l'apparizione del nome di Livi.

«Beh, potrebbe significare qualcosa, o potrebbe non significare nulla», rispose Emma, guardandomi con un occhiolino.

Emma condivideva i colori delle sorelle con capelli scuri e occhi azzurri. Eravamo state molto unite durante la crescita, anche se eravamo cugine alla lontana. Eravamo nella stessa classe a scuola. Le famiglie di streghe erano strettamente intrecciate a Charm Cove e in tutto il mondo.

«Altre novità?» chiese Emma.

«Niente. Ho lasciato un messaggio a Daniel, così possiamo riferirgli quel piccolo dettaglio. Come hai sentito, le ragazze hanno già escluso il resto dei nomi. Munns Maple ha perso quanto tutti gli altri. Non sono sicura di cosa significhi.»

Jackson guardò Emma con un sorriso. «Non passerà molto tempo prima che qualcuno lo scopra. Tutti sono troppo irritati per questo. Persino mia madre è arrabbiata, e le sono stati rubati solo due secchi.»

Emma ridacchiò. «Non sembra una cosa grave. È solo succo d'acero, ma per le aziende è un grosso problema. Inoltre, non prendo un latte al caramello d'acero da più di una settimana.»

«Lo so, vero? Era una delle bevande più popolari, secondo Sarah. Zoe è ancora furiosa per questo.»

«Bene, dobbiamo andare. Devo mostrare una casa più tardi stasera», aggiunse Emma. Lavorava con mia madre, che gestiva una società di gestione immobiliare per vendite e affitti a Charm Cove e nelle aree circostanti. «Siete pronte, ragazze?»

«Sì, dobbiamo solo prendere i cappotti», rispose Celia alzandosi dallo sgabello e affrettandosi sul retro, tornando in pochi secondi con entrambe le giacche.

Le salutai con un cenno e chiusi a chiave, lanciando i soliti incantesimi di protezione sulle porte posteriore e anteriore. Dopo essere andata in banca per depositare la borsa, attraversai il parco per incontrare Liam all'Enchanted Spirits. Mi aveva mandato un messaggio prima per farmi sapere che Nathan voleva prendere qualcosa da bere. A quanto pare, anche mio fratello Gabriel si sarebbe unito a noi.

Il cielo era limpido quella sera. Sebbene il freddo avrebbe mantenuto la sua presa ancora per un po', ogni giorno il sole rimaneva alto nel cielo qualche minuto in più, facendoci sapere che la primavera era in arrivo. Proprio ora, il persistente bagliore del tramonto lasciava un'ondata di rosso, oro e arancione sul basso orizzonte opposto all'oceano.

Entrando nell'Enchanted Spirits qualche minuto dopo, il calore mi avvolse. Lo spazio conteneva un ronzio di attività e una sensazione di allegria e cameratismo. Sentendo qualcuno chiamare il mio nome, scrutai la folla e vidi Liam con Gabriel e Nathan in un separé nell'angolo. Mentre passavo accanto a una cameriera, mi fermai e le chiesi di portarmi un bicchiere di vino quando avesse avuto un momento.

Scivolando nel separé accanto a Liam, sorrisi a tutti al tavolo. «Ciao ragazzi, come va?»

«Stiamo confrontando le note sui nostri nuovi sistemi di sicurezza. Ecco la cosa strana», iniziò Gabriel. «Sai come i nastri erano vuoti durante il periodo in cui gli altri posti sono stati svaligiati?»

«Sì, Daniel avrebbe dovuto fare un controllo con la società di sicurezza. Volevo chiedertelo, ma non ne ho avuto l'occasione.»

«Beh, senti questa» intervenne Nathan. «Entrambi abbiamo avuto due giorni in cui sono state tagliate altre linee. Anche se le telecamere sono completamente sotto il nostro controllo, ci sono di nuovo degli spazi vuoti nelle registrazioni.»

Liam preso un sorso di birra e si appoggiò allo schienale. «Sicuramente magia.»

«Direi anch'io, è una coincidenza troppo grande per essere qualcos'altro» aggiunsi. «Ne avete parlato con Daniel?»

«L'abbiamo scoperto solo stasera. Mi sono seduto e ho dato un'occhiata al monitor online poco prima di venire qui. Nathan ha guardato prima, ma pensava di aver configurato qualcosa in modo sbagliato» spiegò Gabriel.

Nathan ridacchiò e sorrise timidamente. «Non sono un esperto di tecnologia come tuo fratello» ammise.

«Nessuno di noi lo è» dissi con un sorriso ironico. «Comunque, fatelo sicuramente sapere a Daniel. Sapete chi potrebbe valere la pena contattare? Tom Lewis. Potrebbe avere il potere di creare il tipo di incantesimo di protezione di cui avete bisogno.»

«È una buona idea» aggiunse Liam.

«Prima che vi chieda di Tom, solo una cosa veloce. Le gemelle hanno cercato di trovare ogni possibile combinazione nelle lettere. Oggi hanno realizzato che il nome di Livi può essere scritto due volte. Pensate che significhi qualcosa?» chiesi a tutti i presenti.

Ricevetti qualche scrollata di spalle e niente di più. «Forse sì, forse no» offrì finalmente Liam.

«Giusto, come se non lo sapessi già. Ho lasciato un messaggio a Daniel al riguardo, e voi ragazzi dovreste parlargli presto di questi spazi vuoti nelle registrazioni.»

Riportai l'attenzione su mio fratello. «Allora, accetterai l'offerta di Tom?»

Gabriel annuì. «Sarei sciocco a non farlo. È una vittoria per lui, e mi dà un sacco di attrezzature in più per la lavorazione, per non parlare di ettari di aceri.»

«Oh bene. Mi dispiace per Tom. Non posso credere alle cose che sta facendo il cugino di Hettie.»

Nathan alzò gli occhi al cielo. «Le persone fanno cose cattive quando si tratta di soldi. Speriamo che riesca a risolvere la questione dell'atto in tribunale. Nel frattempo» fece una pausa, guardando Gabriel «è *davvero* una mossa intelligente. Finirai per diventare il mio più grande concorrente.»

Gabriel ridacchiò. «Forse, ma non è questo il mio piano. C'è abbastanza domanda per tutti.»

Nathan annuì. «Asso-maledetta-lutamente. Di solito non riesco a stare al passo. Ecco perché le aziende a tempo pieno che sono state colpite sono così stressate. Ovviamente ci sono fornitori in tutto il New England, ma questo restringerà l'offerta di tutti.»

«Ecco perché volevo rimettere in funzione questo posto. È un bel cambio di ritmo rispetto al mio lavoro online, e sarà una buona attività secondaria» commentò Gabriel.

Mentre stavamo parlando, Isobel Martin apparve accanto al nostro tavolo. «Ciao, Moira» disse allegramente, facendo un rapido cenno a tutti. «Ho saputo da Tom che hai risolto la confusione riguardo la sua proprietà. Sono così contenta. Volevo solo passare a farti sapere che mia cugina Angie farà una lettura per me domani. Le chiederò di indagare su questa faccenda.»

La cugina di Isobel era presumibilmente una sensitiva. Charm Cove aveva la sua quota di persone che amavano allinearsi con la comunità delle streghe con vari poteri da hocus-pocus. I veri sensitivi erano rari nel mondo soprannaturale. La maggior parte delle streghe sapeva perfettamente che senza poteri soprannaturali una persona non poteva essere sensitiva.

Non avevo intenzione di discuterne con Isobel, anche se avrebbe dovuto saperlo. Immaginai che il suo amore per essere al centro di tutto stesse sopraffacendo il suo buon senso.

Liam annuì solennemente. «Beh, dovrebbe essere interessante.»

Nathan soffocò una risata prendendo un sorso di birra, mentre io mi mordevo l'interno delle guance. «Dovrai farmi sapere cosa dice» riuscii a dire.

CAPITOLO DODICI

Alcuni giorni dopo, con pochi progressi sul caso del furto d'acero, decisi che era ora di fare visita a Daniel alla stazione di polizia. Lea teneva tutti aggiornati sui vari suggerimenti che arrivavano a The Ink Spot. Finora non avevamo piste solide. Il nostro principale indizio era che il nome Livi appariva nella frase, se questo significava qualcosa e se era davvero inteso come il suo nome.

Dopo aver parcheggiato la mia auto dietro Persnickety Potions & Gifts, camminai lungo la strada fino alla stazione di polizia di Charm Cove. Entrando, fui accolta da Anna Goodness con un ampio sorriso. «Buongiorno, Moira, come sta oggi?» mi chiese.

«Sto bene, ma ho un po' freddo. Credo di essere stata troppo ottimista riguardo al tempo. Non pensavo di aver bisogno dei guanti stamattina», dissi avvicinandomi alla sua scrivania, strofinando i palmi delle mani.

«Ho fatto lo stesso. Ogni volta che arriva marzo, sono così pronta per la primavera.»

«Non lo siamo tutti? Daniel è per caso in ufficio?»

«Certo, ed è abbastanza presto perché non sia ancora troppo occupato. Lo chiamo subito.»

Dopo che Anna lo aveva chiamato, prese un'altra telefonata. Daniel uscì dalla porta laterale nella sala d'attesa entro un minuto.

«Vieni pure», disse, facendomi cenno di seguirlo lungo il corridoio. Una volta nel suo ufficio, mi offrì del caffè.

«Oh, non serve. Passerò da Magic Beans prima di aprire il negozio. Volevo solo fare un salto e vedere se ci sono aggiornamenti. Sto pensando di andare a parlare con le persone della società di sicurezza. Hai avuto modo di farlo?»

Daniel annuì. «L'ho fatto, ma non sono stati molto d'aiuto. Per ottenere i filmati, dovrò richiedere un mandato. Sinceramente, non sono sicuro di ottenerlo a questo punto. Ho bisogno di qualcosa di più concreto.»

«Sul serio?»

«Sì. Non posso esattamente presentarmi in tribunale e dire che penso che una strega o uno stregone abbia lanciato un incantesimo e interferito con le riprese di sicurezza.»

Sospirai e risi. Aveva proprio ragione. «Bene, in questo caso, andrò io a vederli.»

«Fallo pure. Nel frattempo, sto seguendo ogni pista e sto vedendo cosa posso fare tra le altre questioni che emergono.»

«Ti farò sapere se scopro qualcosa quando passerò», dissi mentre iniziavo a voltarmi per uscire. Il suo telefono squillò, così mi salutò con un cenno.

Tornando lungo la strada, mi fermai da Magic Beans per prendere un caffè e uno scone, la mia colazione quotidiana quando lavoravo in negozio.

Stavo pensando di chiamare Lea per chiederle se poteva coprirmi in negozio per qualche ora quando sentii la sua voce dietro di me nella fila. «Moira, che bello vederti stamattina.»

Voltandomi indietro, vidi zia Lea che si toglieva i guanti e allentava la sua brillante sciarpa di lana rossa. Come al solito, era impeccabilmente vestita con la sciarpa e i guanti che risaltavano sul suo lungo cappotto di lana grigio scuro aderente.

«Buongiorno, zia Lea, stavo proprio pensando di chiamarti. Non avresti per caso qualche ora libera per coprire il negozio, vero?»

«Certamente. Per quale motivo?»

«Sono appena passata a vedere Daniel questa mattina dato che sembra che stiamo girando a vuoto su questo furto di linfa d'acero. Senza un mandato, è improbabile che possa esaminare i filmati della società di sicurezza. Forse possiamo scoprire se è successo qualcosa all'attrezzatura. Lui sospetta che sia stata la magia, e ovviamente non può scriverlo in un mandato. Ho pensato di guidare fino a Windy Bay e vedere se zio Jacob potrebbe incontrarmi lì. Se è stato lanciato un incantesimo sull'attrezzatura, lui sarà in grado di percepirlo.»

«Piano brillante. Prendiamo i nostri caffè e camminerò fino al negozio con te. Jacob aveva alcune cose da sbrigare questa mattina, ma sono sicura che possa incontrarti alla società di sicurezza entro un'ora. Ti va bene?»

«Dovrebbe andare. È un viaggio di trenta minuti. Non sono così sicura di come riusciremo a farlo avvicinare abbastanza all'attrezzatura per controllare eventuali incantesimi, ma penso che valga la pena provare.»

Mi era venuto in mente che avrei potuto provare a teletrasportarmi nella società di sicurezza dopo l'orario di chiusura, ma considerando che era una società di sicurezza, non pensavo fosse il piano più saggio. L'ultima cosa di cui avevamo bisogno era che io venissi ripresa dalle telecamere mentre mi teletrasportavo da qualche parte.

Dopo che avevamo preso i nostri caffè, camminammo fino a Persnickety Potions & Gifts. Lei aveva chiamato Jacob mentre aspettavamo da Magic Beans, così l'aiutai ad aprire il negozio e poi me ne andai.

Poco dopo, ero fuori dalla società di sicurezza in attesa dell'arrivo di Jacob. Quando il suo camion si fermò accanto alla mia auto, scese, sembrando sempre maestoso. Entrammo insieme, con Jacob che mi spiegava brevemente che se non c'era troppa magia a interferire, pensava di poter percepire se un incantesimo era stato lanciato solo stando nella stessa stanza dell'attrezzatura.

Quando attraversammo l'ingresso, un uomo corpulento con i capelli argentati e un viso tondo ci accolse con un ampio sorriso. «Salve, cosa posso fare per voi oggi?»

«Stiamo cercando di installare un sistema di sicurezza per un'attività, quindi abbiamo pensato di controllare i prezzi e dare un'occhiata alla vostra attrezzatura. È qualcosa che monitorate in loco, o le persone hanno i propri sistemi indipendenti?» chiesi, immaginando che questo gli desse molto di cui parlarmi.

«Oh sì, sì. Mi chiamo Albert e sono il responsabile qui. Abbiamo diverse opzioni per voi.» Procedette a elencare i dettagli di dieci diversi piani, includendo costi, attrezzature e altro. Mentre parlava animatamente, Jacob vagava con nonchalance per il negozio.

Lo tenevo d'occhio mentre parlavo con Albert. Dopo averlo visto fermarsi e chiudere gli occhi per un momento o due, presumevo che avesse capito ciò che avevamo bisogno di sapere. Sfortunatamente, non era facile andarsene con grazia.

Albert era piuttosto entusiasta della sicurezza. Quando ho menzionato che avevo sentito di attività a Charm Cove che segnalavano problemi con le loro registrazioni di sicurezza, questo lo ha messo un po' in agitazione. Chiaramente prendeva molto sul serio la sua garanzia.

«Per me è un vero mistero. Abbiamo attrezzature all'avanguardia qui. Un agente di polizia è passato a chiedere informazioni, e non sapevo nemmeno cosa dirgli. Non c'è nulla nelle registrazioni per un certo periodo di tempo. Non è mai successo prima. Ho controllato tutto personalmente. Assolutamente nulla di meccanico è guasto nell'attrezzatura durante quel periodo. Mi chiedo se sia stato un fulmine, o qualche altro imprevisto», ha spiegato.

«Beh, speriamo che riesca a capire cosa sia successo. Grazie per aver dedicato del tempo a spiegarmi tutte le opzioni. È stato molto utile. Non siamo ancora pronti a prendere una decisione, ma terremo in considerazione la Sua azienda», ho detto.

«Mi chiami pure se ha altre domande», ha detto Albert, accompagnandoci alla porta mentre uscivamo.

Una volta fuori dalla portata delle sue orecchie e con la porta completamente chiusa dietro Albert, ho alzato lo sguardo verso Jacob. «Qualche risultato?»

Lui ha annuito. «Non voglio parlarne qui. Incontriamoci al tuo negozio».

Per quanto fossi impaziente, sapevo che non era una buona idea chiacchierare di ciò che poteva aver scoperto su un incantesimo lanciato proprio fuori da un'azienda di sicurezza dove probabilmente c'erano telecamere che registravano qualsiasi cosa dicessimo o facessimo. In breve tempo, siamo tornati a Charm Cove e siamo entrati in Persnickety Potions & Gifts.

Zia Lea si è girata non appena siamo passati attraverso la tenda sul retro. «Allora?» ha chiesto.

Mi sono guardata intorno nel negozio per trovarlo vuoto, il che significava che potevamo parlare liberamente. Jacob si è fermato per darle un rapido bacio sulla guancia e poi ha appoggiato i fianchi contro il muro dietro il bancone.

«È stato sicuramente lanciato un incantesimo, e sono abbastanza sicuro che sia stato lanciato da una donna. Ancora una volta però, era offuscato. Questa volta, però, non è stato così efficace. La mia ipotesi è che abbiano lanciato entrambi gli incantesimi da lontano, il che li ha indeboliti. L'incantesimo che ha mandato in tilt le registrazioni di sicurezza non era altro che un incantesimo di interferenza elettrica. Ho potuto anche percepire che proveniva dalla famiglia Munns o dalla famiglia Staple».

«Davvero?» ho chiesto.

Jacob ha inclinato la testa.

«Beh, non so nemmeno cosa pensare», ha detto zia Lea. «O Livi sta sabotando gli altri, o qualcuno la sta prendendo di mira».

«Quelle due famiglie sono imparentate. È questo che rende un po' complicato capire, dato che l'incantesimo era parzialmente offuscato», ha aggiunto Jacob.

«Chiamerò Alice oggi», ha detto zia Lea. «Stava indagando su quali famiglie hanno il potere di offuscare in quel modo, e abbiamo bisogno di più informazioni su questo, prima piuttosto che dopo».

«Anche se non sappiamo se significa qualcosa, Livi è l'unico nome familiare che appare in tutte quelle lettere lasciate nei secchi», ho aggiunto.

Jacob si è staccato dal muro. «Bene, io vado».

In quel momento sono entrati diversi clienti. Mi sono tolta la giacca e sono andata a occuparmi di loro mentre zia Lea chiamava Alice.

Dopo alcuni clienti, ho avuto un momento per aggiornarmi con lei e scoprire cosa Alice aveva da dire. «Alice ha avuto fortuna?»

Tra streghe e stregoni, alcuni poteri erano piuttosto comuni. Così comuni che generalmente ogni strega e stregone li possedeva. Altri poteri, ad esempio la mia capacità di trasportarmi, o l'abilità di Jacob di identificare chi ha lanciato incantesimi, erano molto più specifici all'interno delle famiglie. Anche all'interno della stessa famiglia, non tutti ereditavano gli stessi poteri. E anche se si nasceva con certi poteri innati, ci volevano abilità e pratica per padroneggiarli e mantenerli.

Zia Lea ha incontrato il mio sguardo e ha annuito. «Sì. Il potere di offuscare gli incantesimi è presente in entrambe quelle famiglie, il che ha senso perché sono imparentate. Il potere è irregolare nei registri però, e non sembra essere apparso in ogni generazione. Alice farà un po' più di ricerche per vedere se riesce a individuare chi in quale generazione lo possedeva. Potrebbe aiutarci a capire se si tratta di Livi o di sua cugina».

«Sempre di più, sembra che dobbiamo concentrarci su di loro. Pensi che l'abbiano fatto solo per eliminare la concorrenza? C'è abbastanza lavoro per tutti».

Zia Lea ha alzato le spalle. «Anche così, le persone fanno cose stupide e criminali continuamente. Specialmente quando si tratta di soldi. I soldi sono alla radice di quasi ogni crimine. Beh, quelli e la passione».

Con questa nota filosofica, si è chinata e mi ha dato un bacio sulla guancia prima di uscire con un turbinio.

CAPITOLO TREDICI

La sera seguente, Liam e io andammo a cena a casa dei suoi genitori. Lo facevamo spesso, e frequentemente si univano a noi anche i miei genitori, oltre ad altri. Quella sera, il gruppo comprendeva Liam e me, i miei genitori, Opal, Theo e zia Lea. Jacob si stava occupando di alcune questioni d'affari a Portland, mentre Celia e Delia erano a un pigiama party con alcune amiche.

Stavamo gustando un digestivo di vin brulé dopo cena, e la conversazione scivolò naturalmente sugli ultimi sviluppi del grande colpo d'acero. Il nome con cui Nathan aveva battezzato il furto quella prima sera all'Enchanted Spirits era rimasto. Con l'enigma delle parole crociate nel quotidiano locale, il nome del crimine si era diffuso in tutta la città.

Alice prese un sorso del suo vino e mi guardò. «Ha dato l'impressione che il responsabile della società di sicurezza avesse qualche idea di cosa potesse essere successo?» chiese.

Avevo appena finito di riassumere la mia visita con Jacob alla società di sicurezza. «Onestamente, non credo. Era preoccupato per le riprese di sicurezza vuote. È molto orgoglioso della loro reputazione. Sostiene che questo sia il primo caso segnalato di riprese di sicurezza completamente vuote. Il responsabile non è una strega o uno stregone, né è legato a famiglie magiche che conosciamo.»

«Avete avuto fortuna nel restringere quali membri della famiglia avessero il potere di oscuramento?» chiese Lea.

Alice prese un altro sorso del suo vino e annuì. «Un po'. Posso dirvi chi ha documentato l'uso di quel potere. Il fatto è che molte persone che possedevano il potere di oscuramento lo tenevano nascosto. Il suo utilizzo sfiorava la magia nera perché è un modo per nascondere ciò che si sta facendo.» Tutti al tavolo annuirono solennemente. Di per sé, la capacità di oscurare incantesimi non era pericolosa, ma poteva certamente essere usata per scopi nefasti.

Alice continuò: «C'erano più membri della famiglia dal lato dei Munns che hanno ereditato il potere rispetto al lato dei Staples. Anche così, erano solo uno o due per generazione. Anche se qualcuno aveva il potere, non è facile da praticare. Se qualcuno volesse mantenerlo nascosto, non credo che sarebbe registrato nei libri. Penso che possiamo tranquillamente presumere che si tratti di una di quelle due persone. La domanda è chi?»

«Dobbiamo solo essere pazienti. Tutto si rivelerà abbastanza presto», commentò mia madre.

«Celia e Delia sono ossessionate dalla soluzione di quell'enigma di frasi», commentai. «Spero che non stiano facendo niente più di questo.»

Le gemelle adoravano investigare e si erano messe in un bel po' di pericolo l'anno scorso con l'indagine sull'uomo che rubava oggetti magici. Di conseguenza, eravamo tutti attenti a ciò che discutevamo davanti a loro quando si trattava di cose come questa. La loro curiosità era difficile da saziare.

«Lo so che lo sono», aggiunse zia Lea con un sorriso caloroso. «Quando saranno abbastanza grandi, quelle due saranno una forza con cui fare i conti, dato che sono gemelle e possono raddoppiare il loro potere.»

Opal intervenne. «Sono ragazze care e sveglie come non mai. Non vogliamo dar loro alcuna idea di chi potremmo sospettare. Chiunque sia il nostro sospettato ha il potere di oscurare qualsiasi incantesimo che lancia. L'ultima cosa che vogliamo è che le gemelle si mettano di nuovo in pericolo.»

«In pericolo per della linfa d'acero? Non ci posso credere», disse mia madre alzando gli occhi al cielo.

Liam ridacchiò accanto a me. «Può sembrare ridicolo, ma la linfa d'acero porta molti soldi.»

«Qualche idea su come possiamo stanare chi potrebbe aver fatto quell'incantesimo di oscuramento?» chiese mia madre, rivolgendo la domanda ad Alice.

Alice tamburellò con le dita sul tavolo e si strinse nelle spalle. «Non sono sicura. Ci stavo pensando l'altro giorno. È tutta questione di tempismo. Dobbiamo creare pressione affinché tentino di rubare di nuovo. È il modo migliore per smascherarli. Non ci sono stati più furti dopo quei primi due giorni, anche se sono state tagliate alcune linee di consegna. A parte la Munns Maple, nessuna delle altre principali aziende di produzione di sciroppo d'acero è tornata operativa. Questo da solo potrebbe essere il nostro indizio più importante.»

«Vero. Penso che parlerò con Gabriel. Ha l'impostazione perfetta ora che utilizzerà anche le operazioni di Tom. Potremmo far sembrare che sia operativo quando non lo è. Sono sicura che Tom sarebbe d'accordo.»

«È un'idea», commentò mia madre. «C'è un mistero anche con le loro telecamere di sicurezza. Ho detto a Jacob di andare a controllare con Nathan e Gabriel perché se il segno dell'incantesimo è distintivo sui loro sistemi di sicurezza come lo era all'azienda di sicurezza, sapremo che abbiamo a che fare con una sola persona.»

La conversazione proseguì, e io mi alzai per aiutare Alice a riordinare. Conoscevo Alice da quando ero piccola. Sebbene sapessi che occasionalmente chiedeva a Liam quando avevamo intenzione di sposarci, finora mi aveva lasciato in pace al riguardo.

Mentre stavo mettendo i piatti nella lavastoviglie mentre lei li risciacquava nel lavandino e Opal asciugava i bicchieri da vino, Alice parlò. «Moira, tu e Liam avete pensato a quando vorreste celebrare il vostro matrimonio?»

Il suo tono era educato e grazioso come sempre. Ciò non nascondeva la tensione che sapevo si celava dietro la sua domanda.

Opal fece tsk-tsk accanto a me. «Non sei l'unica a chiederselo, Alice. Gliel'ho chiesto l'altro giorno e non ho ottenuto nulla.»

Le mie guance si scaldarono, e sistemai con cura l'ultimo piatto nella lavastoviglie prima di raddrizzarmi e chiuderla. Guardando tra loro, scossi la testa. «Non siamo sicuri. Non appena lo saremo, lo saprete.»

Gli occhi azzurri di Alice, così simili a quelli di Liam, incontrarono i miei per un istante. L'angolo della sua bocca si sollevò in un sorriso astuto. «Lo so che lo faremo, ma non rimandarlo troppo a lungo, cara. È *davvero* importante.»

Più tardi quella sera, quando Liam ed io eravamo tornati alla rimessa delle carrozze seduti davanti al fuoco con Ghost acciambellato tra noi sul divano, lo guardai. Ogni tanto, mi sorprendeva quanto fosse bello con i suoi lineamenti scolpiti, i capelli scuri e quegli occhi blu, così blu. Suppongo che dovrei sentirmi fortunata. In molti modi lo ero. Ero intrappolata in un incantesimo vecchio di secoli e destinata a sposarlo. Era una benedizione che lo amassi davvero, ma era anche piuttosto conveniente che fosse così ridicolmente attraente. Seriamente, non mi sarei mai stancata di quella vista.

«Sai, tua madre stasera mi ha effettivamente chiesto quando avremmo pianificato il matrimonio» commentai.

Le fusa di Ghost rombavano mentre Liam gli grattava sotto il mento quando mi guardò. «Sospettavo che l'avrebbe fatto. Ho sentito lei, tua madre e Opal parlarne prima di cena. Penso che dovremmo comprare i biglietti per la Scozia e far sapere loro quando succederà. Tutto ciò che dobbiamo fare è scegliere la data.»

Il mio cuore iniziò a battere forte. Ogni tanto, il peso della nostra situazione mi colpiva.

Liam sollevò una mano, spazzando via un ciuffo di capelli dal mio viso. «Ti preoccupi troppo. A meno che tu non abbia dei dubbi, non cambierà molto per noi.»

L'ansia che aveva iniziato a crescere si dissipò mentre un brivido mi attraversava.

CAPITOLO QUATTORDICI

La sera seguente, il telefono di Liam squillò mentre eravamo seduti al bancone della cucina. Guardando lo schermo, lui sembrò perplesso.

«Chi è?» chiesi.

«Tom Lewis.»

«Oh, perché hai il suo numero nei contatti?»

«Ce l'ha dato l'altra sera, quindi l'ho semplicemente inserito.»

«Beh, rispondi,» dissi mentre il suo telefono continuava a vibrare sul bancone.

Liam sollevò il telefono, facendo scorrere il pollice sullo schermo. «Pronto.»

Avrei voluto chiedergli di mettere il vivavoce perché rimase in silenzio per un minuto, annuendo a qualunque cosa stesse dicendo Tom. «Ti metto in vivavoce così Moira può sentire,» disse poi.

Punti per Liam che mi ha letto nel pensiero.

Posò il telefono sul bancone tra di noi, toccando lo schermo. Guardandomi, spiegò: «A quanto pare, Tom ha trovato Celia e Delia in uno dei suoi capannoni vuoti per l'acero.»

«Cosa?!»

La voce di Tom uscì dall'altoparlante. «Esatto. Ho cercato di contattare Lea e Jacob, ma nessuno risponde.»

A quest'ora, dubitavo che avessero i telefoni accesi, considerando che erano quasi le nove.

«Cosa stanno facendo?» chiesi mentre mi giravo per mettere via gli avanzi della cena.

«Per quanto ne so, pensano di star indagando,» disse Tom con una risatina. «Le ho qui con me. Volete parlare con loro?»

La voce di Celia arrivò attraverso la linea. «Ciao, Moira, scusa!»

«Celia, *cosa* ci fai lì?»

«Nessuno ci ha detto che lo avevate già escluso, quindi siamo venute a indagare,» aggiunse Delia, cercando di essere d'aiuto.

Accidenti. Sono riuscita a tenere quel pensiero nella mia testa. «Tom,» chiamai.

«Sono qui,» disse.

«Arriviamo subito. Passeremo da Jacob e Lea lungo la strada. Sono sicura che siano svegli, ma spengono i telefoni dopo le otto. Ragazze, voi restate lì con Tom. Mi avete sentito?» chiesi, usando il mio tono più severo.

«Lo faremo,» risposero all'unisono.

Liam prese il telefono e salutò Tom prima di metterlo in tasca mentre si alzava. «Andiamo.»

Uscendo nell'aria fresca della notte, le stelle brillavano nel cielo mentre guidavamo lungo la costa verso la casa di Lea e Jacob.

Jacob alzò le sopracciglia quando aprì la porta e ci trovò lì in piedi. «Cosa succede?» chiese.

Dato che erano passati da poco le nove, non indossava i suoi soliti pantaloni e la camicia con il blazer. Portava invece un paio di pantaloni della tuta consumati e una vecchia maglietta da basket.

«Tom Lewis ci ha chiamato perché ha provato a chiamare qui, ma nessuno ha risposto. Immagino che abbiate i telefoni spenti. Celia e Delia sono uscite di nascosto per andare a indagare nei capannoni per lo sciroppo d'acero di Tom,» spiegai nel modo più conciso possibile.

«Cosa?!» gridò zia Lea mentre entrava nell'atrio alle spalle di Jacob.

Jacob ci fece cenno di entrare. «Prepariamoci ad andare.»

«Mamma mia! Dovrebbero essere a dormire a casa della loro amica. L'unica volta che sembrano mettersi nei guai è quando vogliono indagare su qualcosa,» si preoccupò mentre si girava, facendo ondeggiare la vestaglia dietro di lei.

«Sono al sicuro, e Tom è con loro. Ha chiamato Liam quando nessuno di voi ha risposto,» aggiunsi.

Nel giro di pochi minuti, Jacob e Lea erano vestiti e al piano di sotto, e ci seguirono fino alla proprietà di Tom. Tom aveva detto a Liam di andare direttamente al capannone. Non aveva voluto camminare per circa un quarto di miglio nel buio con le gemelle.

Quando arrivammo, le luci erano accese nel capannone. Quando entrammo dall'ingresso principale, fummo accolti dalla vista di Tom che mostrava pazientemente alle gemelle come funzionava il processo di produzione dello sciroppo.

Lea si affrettò verso di loro, schioccando la lingua mentre si avvicinava alle gemelle. «Ragazze, vorrei abbracciarvi perché mi avete fatto morire di paura. Ho già chiamato la madre di Cindy per dirle dove eravate. Dovete *smetterla* di sgattaiolare fuori per fare queste cose di notte,» spiegò mentre le tirava in un abbraccio di gruppo.

Tom guardò verso Liam, Jacob e me, scuotendo la testa e ridendo piano. «Credo che fossero piuttosto entusiaste di tutto questo,» disse quando raggiungemmo il suo fianco.

Non appena parlò, una luce brillante, quasi accecante, attraversò una delle finestre sul retro del capannone. Colpì la scatola dei fusibili nell'angolo più lontano, immergendo immediatamente il capannone nell'oscurità.

Prima che qualcuno parlasse, Jacob alzò le mani. La luce stessa aveva lasciato un bagliore residuo nello spazio. Si posizionò direttamente nel fascio di luce e rimase completamente immobile. C'era un silenzio di tomba e poi riaprì gli occhi.

«Lea,» disse, con voce bassa nell'oscurità, «Vuoi andare a riparare il quadro elettrico?»

Tra gli altri poteri, Lea era brava con l'elettricità. Poteva disabilitarla e anche ripararla. Si diresse con cautela verso la scatola dei fusibili, aggirando alcune cose sul pavimento. Nel giro di un altro minuto, le luci erano di nuovo accese.

Gli occhi di Celia e Delia erano spalancati. «Dovremmo preoccuparci che qualcuno lo faccia di nuovo e cerchi di colpire uno di noi?» chiese Delia.

Jacob scosse la testa. «Anche se vi colpisse, non vi farebbe male. Era un incantesimo molto specifico progettato semplicemente per disattivare l'elettricità. Possono certamente lanciarlo di nuovo, e vostra madre riparerà di nuovo la scatola dei fusibili.»

«Dovremmo restare qui dentro?» chiesi.

Liam guardò Jacob, poi Tom e poi di nuovo me. «Non credo.»

Tom si guardò intorno. «Fermi tutti,» disse.

Come stregone, Tom era stato potente nel suo periodo di massimo splendore ed era immensamente potente adesso. I poteri delle streghe e degli stregoni non svanivano con l'età. Anzi, si rafforzavano. Molti iniziavano a usare meno i loro incantesimi, ma questo non li rendeva meno potenti.

Tom chiuse gli occhi e alzò le mani. In un attimo, tutti i peli sulla mia nuca si drizzarono mentre sentivo l'energia che ci circondava.

Quando abbassò le mani e riaprì gli occhi, Delia cinguettò: «Che tipo di incantesimo era quello?»

«Un tipo di incantesimo di protezione. Sono qui da molto tempo, quindi ho percepito che c'era della magia nelle vicinanze. Solo che non sapevo chi o cosa fosse. Questo li terrà fuori per il prossimo futuro. Nessuno mi dà veramente fastidio, quindi non ho rinnovato nessuno degli incantesimi di protezione su questa proprietà da anni. Chiaramente, devo farne un'abitudine più costante», disse con un sorriso ironico. Guardò i gemelli, socchiudendo i suoi sbiaditi occhi azzurri. «Non c'è bisogno di sorprendermi più. Siete così curiosi. Se volete imparare di più, vi insegnerò, se va bene ai vostri genitori. Preferisco insegnarvi la magia piuttosto che vedervi correre selvaggiamente a investigare cose a casaccio quando non sapete ancora come proteggervi».

I gemelli lo fissarono prima di rivolgere i loro occhi spalancati verso i genitori. Lea si limitò a roteare gli occhi e a scuotere la testa, mentre Jacob sospirò. «Ogni volta che Tom vuole insegnarvi, va bene, a patto che tutte le solite cose siano a posto», iniziò.

«Compiti, faccende domestiche e stare lontano dai guai», intervenne Lea, completando la frase per lui.

Sapendo che Jacob si sarebbe trattenuto dal parlare dell'incantesimo che aveva percepito mentre i gemelli erano presenti, salutammo Tom e salimmo in macchina. Una volta partiti, guardai Liam. «Puoi mandare un messaggio a Jacob e chiedergli di chiamarci dopo che sono arrivati a casa?»

«Certamente».

Dopo essere arrivati a casa, Jacob e Lea ci chiamarono per riferire che l'incantesimo era stato sicuramente lanciato da Livi Munns. Come aveva già spiegato, era un semplice incantesimo per interrompere l'elettricità. Poiché eravamo lì nel momento in cui era stato lanciato, non c'era modo per qualcuno di nasconderlo prima che lui lo percepisse.

A quest'ora tarda, concordammo che non c'era altro da fare stasera. Dopo che riattaccarono, guardai Liam. «Beh, immagino che Livi sia dietro a tutta questa storia, ma perché? E come possiamo prenderla in un modo che sia utile a Daniel? Non possiamo aspettarci che lui faccia qualcosa con questa informazione».

«Sarebbe abbastanza facile chiedere a Jacob di affrontarla. È molto più potente di lei», osservò Liam.

«Certo, ma come la riteniamo responsabile? Voglio dire, è una cosa ritenerla responsabile tra le famiglie di streghe e rendere la sua vita un po' più difficile. Ma ha rubato da molte famiglie, molte delle quali non sono streghe. Sta potenzialmente devastando le loro attività per la stagione».

«Suppongo che domani andremo a parlare con Daniel e vedremo come procedere».

CAPITOLO QUINDICI

La mattina seguente, incontrai Zoe per un caffè da Magic Beans. Arrivai prima di lei, come al solito. Accaparrandomi un tavolo nell'angolo, sorseggiai il mio caffè e spiluccai il mio scone mentre riflettevo su cosa fare con le rivelazioni della notte precedente. Non avevo intenzione di ringraziare le gemelle per essere uscite di nascosto e aver deciso di indagare sul fienile di Tom. Tuttavia, le loro azioni ci avevano portato alla possibilità per Jacob di identificare l'incantesimo di Livi.

«Ehi, come va?» chiese Zoe mentre scivolava sulla sedia di fronte a me.

«Oh, si sopravvive», dissi con un sorriso. «Credo che andrò dritta al punto». Riassunsi rapidamente gli eventi della notte precedente, concludendo con: «Quindi andrò a parlare con Daniel dopo questo incontro. Lea e Jacob ci raggiungeranno lì».

Zoe scosse lentamente la testa, sistemandosi un ricciolo castano dietro l'orecchio. «Stiamo presumendo che sia l'unica coinvolta?»

«Non credo che lo sappiamo. Potrebbe non essere l'unica coinvolta, ma è chiaramente nel bel mezzo di tutto questo. Perché non vieni con me alla stazione di polizia? Daniel è sempre più disponibile quando ci sei tu».

Zoe sorrise e scosse la testa. «Non ho tempo. Devo andare a scuola.

Inoltre, lui è guardingo solo quando deve condividere informazioni. Parlerà per ore quando sei tu a dargliene».

Dopo aver finito i nostri caffè, ci separammo all'angolo tra Charming Way e Main Street. Liam e io eravamo venuti insieme in città oggi, ma lui si era fermato negli uffici della sua famiglia per aggiornare i suoi genitori. Come la mia famiglia, gestivano diverse attività in città. Mi aveva assicurato che sarebbe venuto a piedi per incontrarmi alla stazione di polizia non appena possibile. Stava appena varcando la soglia sui gradini di granito che conducevano all'ingresso quando raggiunsi la stazione di polizia.

«Liam!» chiamai. Si fermò, aspettando che lo raggiungessi prima di aprire la porta e farmi cenno di entrare per prima.

«Qualche novità da tua madre?» chiesi.

«Un pochino. È riuscita a trovare un documento in cui la nonna di Livi utilizzava il potere dell'occultamento. Pensa anche che la famiglia della bisnonna di Mel Staple avesse lo stesso potere. Non sa se questo significhi qualcosa, ma potrebbero lavorare insieme».

Lea e Jacob erano arrivati prima di noi. Anna Goodness fece suonare il campanello della porta che conduceva al corridoio sul retro non appena raggiungemmo la sua scrivania. «Andate pure. Daniel vi sta aspettando».

Daniel stava sorseggiando il suo caffè, seduto al tavolo con Lea e Jacob quando entrammo. Lea alzò lo sguardo. «Bene, l'abbiamo aggiornato su tutto. Dice che non può fare nulla con queste prove», sbuffò. «Sto cercando di fargli capire che Jacob è semplicemente un testimone».

Potevo praticamente vedere Daniel che cercava di *non* alzare gli occhi al cielo. Lanciò un rapido sorriso verso Liam e me, facendoci cenno di sederci sulle due sedie vuote al tavolo.

«Lea, come ho spiegato, Jacob non ha assistito a nulla nel senso che potrebbe testimoniarlo in tribunale. Queste informazioni sono molto utili per la mia indagine, ma dobbiamo concentrarci su cose che possiamo effettivamente inserire nei documenti del tribunale. Non c'è modo in cui io possa scrivere qualcosa sul percepire incantesimi».

Lea sbuffò di nuovo e incrociò le braccia. «Devi essere un po' più creativo, Daniel».

A quel punto, lui rise e scosse la testa. «Credimi, non ho bisogno di essere creativo in questa città. Queste informazioni sono molto utili e sono sicuro che aiuteranno con l'indagine».

Lanciando uno sguardo a Liam, vidi che stava cercando di trattenere un sorriso. Nel frattempo, dovetti mordermi l'interno delle guance per non scoppiare a ridere.

Con un sospiro, Lea si alzò dalla sedia. «Beh, spero davvero che tu possa fare qualcosa con queste informazioni. Le attività commerciali andranno in fallimento per questa situazione».

Daniel annuì solennemente, con appena un accenno di luccichio negli occhi. «Ne sono consapevole, Lea. Tra queste informazioni e le altre piste che sto seguendo, sono fiducioso che possiamo restringere il campo e tutti potranno tornare in attività presto. C'era qualcos'altro di cui volevi discutere con me questa mattina?»

Jacob scosse la testa. «Facci sapere cos'altro possiamo fare per aiutare».

Lui e Lea se ne andarono, con Lea che gridò da sopra la spalla che sarebbe passata al negozio più tardi quel giorno.

Dopo che la porta si chiuse dietro di loro, Daniel guardò Liam e me, inarcando un sopracciglio e scrollando le spalle. «Lea è sempre impaziente».

«Oh, lo è. Non posso dire di non esserlo anch'io, ma capisco che hai bisogno di informazioni che puoi documentare. Quello non è decisamente un fascio di luce lanciato come un incantesimo per tagliare l'elettricità», dissi con un sospiro.

«Cosa pensi che potrebbe aiutare?» chiese Liam.

Daniel ci lanciò uno sguardo pensieroso. «Che Livi stia lavorando da sola o no, abbiamo bisogno di un modo per collegarla ai fatti reali e agli atti vandalici. Per quanto riguarda la ripresa delle attività commerciali, non ci sono stati ulteriori incidenti per più di una settimana. Credo sia giusto dire che potrebbe essere sicuro adesso. Se ha intenzione di tentare qualcos'altro, questo potrebbe indurla a farlo».

Dopo aver dato un'occhiata all'orologio sopra la porta, tornai a guardare Daniel. «Ha senso. Penso che Nathan e Gabriel stiano per mettere le cose in moto perché entrambi hanno installato sistemi di sicurezza. Tutti si stanno trattenendo perché non vogliono perdere troppa linfa di nuovo».

«Giusto, e la stagione della produzione dello sciroppo dura solo circa sei settimane», aggiunse Liam.

Mi alzai dal tavolo. «Devo andare al negozio, ma chiamerò Gabriel. Nel frattempo, tienici aggiornati, Daniel».

Daniel inarcò di nuovo un sopracciglio. «Moira, sai che posso tenerti aggiornata solo fino a un certo punto».

Liam ridacchiò mentre si alzava dal tavolo. «Lo sappiamo».

Potrei non essere stata impaziente come Lea, ma desideravo che Daniel fosse un po' più comunicativo.

Dopo che Liam mi accompagnò al negozio e poi si diresse al lavoro, trascorsi gran parte della mattinata occupandomi di un'altra nuova spedizione di merce. Nei momenti liberi, riflettevo su qualsiasi cosa potesse far uscire allo scoperto Livi.

A fine giornata, sono scesa al supermercato, dove Liam mi stava aspettando. A causa dell'orario di chiusura del nostro negozio, era impossibile non trovarsi al supermercato nelle ore di punta. I clienti dell'uscita dal lavoro riempivano i corridoi mentre mi facevo strada con il carrello. Ero nel settore della pasta quando ho sentito il mio nome.

Guardando oltre la spalla, ho visto Isobel Martin che si avvicinava con il suo carrello. Si è fermata accanto a me, con un sorriso radioso. «Ciao, Moira! Avevo intenzione di passare dal tuo negozio oggi, ma non ho avuto tempo», ha detto, con un tono cospiratorio.

Non c'era nessuno nel raggio d'ascolto, ma era così che a Isobel piaceva chiacchierare.

«Avevi bisogno di qualcosa?» ho chiesto, anche se sapevo che non era probabile.

Isobel ha scosso la testa, facendo rimbalzare i suoi corti ricci castani. «No, volevo raccontarti della lettura psichica con mia cugina».

Oh, questa dev'essere interessante.

«Davvero? Raccontami».

«Beh, Angie mi ha detto un paio di cose sulla vita amorosa di mia figlia. Mi *piacerebbe* tanto vederla sposata, ma lei continua a temporeggiare. Ma non è questo che volevo dirti. Mi ha dato un avvertimento».

«Un avvertimento?»

«Sì, un avvertimento su di te», ha detto Isobel, sporgendosi più vicino e quasi sussurrando.

«Me?» Era un po' strano, ma ho deciso di assecondarla. Stranamente, un familiare formicolio mi ha percorso la schiena, cosa che di solito indicava che stava succedendo qualcosa. Non avevo idea di cosa potesse essere, considerando che stavamo parlando dell'avvertimento di una sensitiva.

«Sì, tu. Ha detto che ci sarà un evento in cui potresti farti male», ha spiegato Isobel, corrugando la fronte.

«Ha detto altro?» ho chiesto.

«Purtroppo no. Ha detto che la visione era un po' annebbiata».

Ho trattenuto un sospiro. *Scommetto che era annebbiata.*

«Suppongo che sarò un po' più attenta del solito», ho detto, non sapendo cos'altro dire su questo avvertimento incredibilmente vago.

«Fai bene», ha detto Isobel. «Volevo solo assicurarmi che lo sapessi. Ora devo andare. Ho una riunione per la pianificazione del giardino stasera».

Si è allontanata in fretta. Ho selezionato alcune confezioni di pasta e ho continuato per il negozio, poi ho incontrato Beatrice Powers.

Anche se non stava facendo la sua camminata veloce, si muoveva comunque come un razzo. Le sue scarpe hanno cigolato quando si è fermata davanti a me. «Moira», ha detto bruscamente. «Come stai?»

«Sto bene, sto solo facendo un po' di spesa. Tu come stai?»

«Bene, molto bene. Avevo intenzione di fermarmi al tuo negozio oggi, ma la giornata è volata via».

«Avevi bisogno di qualcosa?»

«Beh», ha detto, avvicinando un po' il carrello in modo da essere al mio fianco, «ricordi quando ti ho accennato che avrei iniziato a fare le mie passeggiate pomeridiane vicino alle aziende di acero?»

«Certo».

«Proprio questo pomeriggio, ho visto il cugino di Livi Munns, Mel Staple della Maple Staple, tra gli alberi nella proprietà di tuo fratello, proprio dove passano i confini. Non ho il numero di Gabriel, quindi non ho avuto modo di chiamarlo, ma ho lasciato un messaggio a Daniel. Non so cosa significhi, e potrebbe essere niente, ma era decisamente in una proprietà privata».

«Sei sicura che fosse lui?» ho chiesto, ben sapendo che Beatrice era probabilmente molto sicura, ma questo complicava le cose considerando Livi la nostra principale sospetta.

Beatrice ha annuito con fermezza. «Assolutamente. Conosco Mel da anni, e avevo gli occhiali. Con i miei occhiali, la mia vista è perfetta, Moira».

Stavo quasi per scoppiare a ridere, ma mi sono morsa l'interno della guancia e ho semplicemente sorriso. «Ne sono sicura, Beatrice. Stavo solo chiedendo perché, onestamente, è tutto un po' confuso».

«Cos'altro sai?» ha chiesto, mantenendo la voce bassa e guardandosi intorno. C'erano alcune persone nel corridoio con noi, ma nessuno a portata d'orecchio.

«La cosa principale è che le gemelle hanno cercato di essere d'aiuto di nuovo. Sono uscite di nascosto la notte scorsa e sono andate al fienile di Tom Lewis. Dopo quello che è successo l'autunno scorso, abbiamo cercato di essere un po' più prudenti e di assicurarci che non finiscano in situazioni difficili. Sono sicura che capisci».

«Certo che capisco. Quelle ragazze sono potenti e lo saranno ancora di più a tempo debito. È stata pura fortuna che non si siano messe nei guai quando hanno sorpreso quell'uomo che tentava di entrare nel tuo negozio. Ho detto loro che ero orgogliosa di loro per essere state così coraggiose, ma questo non significa che voglio che si mettano nei guai di nuovo», ha detto, scuotendo la testa con disapprovazione.

«Esattamente, quindi abbiamo cercato di coinvolgerle abbastanza da non farle diventare troppo curiose. Nessuno di noi ha pensato di far sapere loro che avevamo escluso Tom dai sospetti dopo che mi ha sorpresa mentre mi teletrasportavo nel suo fienile».

Beatrice ha mostrato un sorriso malizioso. «Avresti dovuto consultarmi prima di escogitare quel piano, cara. Avrei potuto dirti che Tom Lewis ha la capacità di percepire chiunque si trovi dove ha lanciato un cerchio di protezione. Non funziona ovunque, ma vive su quel terreno da più di cinquant'anni».

«Credimi, ho imparato la lezione. Suppongo che la prossima volta mi consulterò con te», ho risposto con una risata.

Beatrice ha fatto l'occhiolino. «Devo ammetterlo, cara. Nessuno può dire che non sei coraggiosa. Le gemelle cercano sempre di essere d'aiuto».

«Giusto. Quando eravamo là, qualcuno ha lanciato un incantesimo per far saltare la corrente nel fienile. Nessuno si è fatto male. Poiché Jacob era proprio lì quando è successo, è riuscito a rintracciare l'incantesimo immediatamente. Questa volta non c'era nessun incantesimo oscurante per nasconderlo. Per farla breve, l'incantesimo è stato lanciato da Livi Munns. Daniel dice che questo non è sufficiente perché lui possa fare qualcosa, dato che non può richiedere un mandato di perquisizione basandosi su incantesimi da strega».

Beatrice ha annuito solennemente. «Certo che non può, cara. Beh, ora mi chiedo se Livi e Mel stiano lavorando insieme. Andrò a pranzo con la mia amica, Eva. Anni fa, era amica di Livi, ma hanno litigato. Non ricordo nemmeno il motivo. Livi è un po' lunatica, un po' volubile, e sicuramente serba rancore. Non ha mai superato qualunque sciocca discussione abbia avuto con Eva».

«Hmm, sarò curiosa di sentire questa storia».

Una donna si è fermata nel corridoio, esaminando la sezione dei condimenti per insalata. Ho preso questo come un segnale per andare avanti. «Beatrice, è stato bello chiacchierare. Sai sempre dove trovarmi se non ci incontriamo quando cammini al mattino. Farò chiamare Gabriel, va bene?»

«Certamente, cara. Buona serata», ha risposto Beatrice prima di proseguire lungo il corridoio.

Dopo aver finito la spesa, ho incontrato Zoe alla cassa. «Ehi», ha detto con un sorriso.

«Ehi, come vanno le cose questa settimana?» ho chiesto.

«Oh, sai com'è. La scuola in questo periodo dell'anno è frenetica perché abbiamo i test tra qualche settimana. Tutti diventano così tesi quando si avvicinano».

«Me lo immagino. Quando finiscono?»

Mentre parlavo, ho istintivamente abbassato lo sguardo verso il suo carrello della spesa, e i miei occhi sono caduti immediatamente su un test di gravidanza posato nel cestino accanto alla sua mano.

«Tra altre due settimane, saranno finiti», ha risposto.

Quando ho alzato di nuovo lo sguardo verso di lei, deve aver letto la mia espressione, perché le sue guance sono diventate rosa. «Sai che sto cercando di rimanere incinta».

«Be' lo so, ma non ne hai veramente parlato. Non voglio chiedere, perché non voglio essere troppo invadente».

«Chiedi pure quanto vuoi, ma vorrei non averlo detto alla madre di Daniel. Ce lo chiede ogni volta che ci vede. Mia madre è abbastanza comprensiva e non mi assilla».

«Se hai un test, pensi che sarà positivo?»

Zoe scrollò le spalle, ma un sorriso le si allargò sul viso. «Forse. Vedremo».

Avvicinandomi al suo fianco, le diedi un rapido abbraccio. «Anche se non è questa volta, sarà presto. Lo so».

Quando si allontanò, Zoe fece un respiro profondo e lo lasciò andare con un sospiro. «Speriamo. Comunque, Daniel è frustrato per il pasticcio della linfa d'acero».

«A proposito di quello, ho appena incontrato Beatrice. Ha detto che ha lasciato un messaggio a Daniel. Era fuori per la sua passeggiata pomeridiana vicino alle piantagioni di acero oggi, e ha visto il cugino di Livi, Mel, che si aggirava furtivamente tra gli alberi. Non so cosa pensare di tutto questo, e riguarda solo la maledetta linfa d'acero».

«È tutto un po' ridicolo. Per quanto possa sembrare sciocco, la linfa d'acero è un grande affare nel New England».

Zoe era la prossima in fila, quindi la nostra conversazione fu interrotta, e Liam arrivò mentre aspettavo di pagare. Sulla strada di casa, chiamai Gabriel.

«Devi chiamare Beatrice», dissi non appena Gabriel rispose al telefono.

«Eh? Per quale motivo? A proposito, come stai oggi?» chiese con una risata.

«Sto bene. Ho incontrato Beatrice al supermercato. Sai come ti ho detto che avrebbe fatto la sua passeggiata pomeridiana vicino alle piantagioni di acero?»

«Sì, certo. È successo qualcosa?»

«Ha visto Mel Staple nella tua proprietà. Potrebbe non significare nulla, ma a questo punto ne dubito».

«Ha detto dove l'ha visto precisamente?»

«Tra gli alberi dove hai tutte le linee per la raccolta dell'acero. Credo che dovresti chiamare Tom Lewis. Con la tua proprietà che confina con la sua, potrebbe essere in grado di aiutarti con un cerchio di protezione».

«Potrei lanciarne uno io stesso, ma lui è decisamente più potente di me. Dammi il numero di Beatrice, e la chiamerò».

Recitai velocemente il suo numero. «Fammi sapere anche cosa dice Tom dopo che avrai parlato con lui».

CAPITOLO SEDICI

La mattina seguente, passai da Magic Beans per il mio solito caffè e scone. Arrivando in testa alla fila, sorrisi a Sarah. «Buongiorno, prendo il solito. Aggiungi un extra shot però».

Sarah mi rivolse un sorriso radioso. «Aggiungi sempre un extra shot, quindi quello è il tuo solito. Scone ai mirtilli o al lampone?»

«Al lampone».

«Sei sicura di non volere un latte allo zucchero d'acero?»

«Oh, li avete di nuovo?»

«Sì, Munns Maple e Maple Staple hanno ripreso l'attività. Sono finalmente riuscita a ordinare un po' delle loro scorte. Ora che la loro fornitura è tornata, stanno vendendo di nuovo. Hai idea di quando Nathan e Gabriel ricominceranno a vendere? Preferisco comprare da loro quando posso».

«Gabriel spera di iniziare a vendere tra una o due settimane. Ha rimandato perché le sue linee sono state tagliate di nuovo, proprio come quelle di Nathan. Entrambi sperano che ci siano progressi nelle indagini, così da non continuare a installare nuove linee solo per vederle tagliate. Immagino che Munns Maple e Maple Staple non avessero le stesse preoccupazioni».

Gli occhi di Sarah si strinsero mentre preparava il mio caffè, la sua fronte si corrugò mentre si girava verso di me. «Hmm. Spero proprio che non abbiano niente a che fare con tutto questo».

Non avevo aggiornato Sarah su tutti gli altri dettagli emersi e questo non era certamente il momento, quindi mi limitai a concordare con lei e lasciai perdere. Dopo aver pagato il caffè, avevo ancora qualche minuto, così mi accomodai a un tavolo in un angolo, sgranocchiando tranquillamente il mio scone e riflettendo sulla situazione del furto di linfa d'acero.

Proprio quando pensavo che stessimo per individuare Livi, l'introduzione di suo cugino nella questione mi aveva confuso. Maple Staple Farm era proprio accanto a Munns Maple. Forse era stato lui, o forse stavano lavorando insieme. Non importava chi fosse il responsabile, non riuscivo a capire il beneficio a lungo termine del furto di una grande quantità di linfa d'acero.

Stavo finendo il mio scone quando sentii chiamare il mio nome. Alzando lo sguardo, vidi Opal avvicinarsi al mio tavolo con un caffè in mano. «Buongiorno, Moira», disse quando si fermò accanto a me.

«Buongiorno, Opal. Come stai oggi?»

«Sto bene, grazie. Hai già pensato al giorno del tuo matrimonio?» chiese, senza nemmeno preoccuparsi di introdurre l'argomento con delicatezza.

Presi un sorso di caffè e sorrisi. «Ci stiamo pensando. Ti prometto che appena avremo una data, lo faremo sapere a tutti».

Opal appoggiò una mano sul fianco. «O-M-G. Quando vi deciderete finalmente?»

Opal e i suoi acronimi. Li tirava fuori sporadicamente, il che rendeva la cosa ancora più divertente.

Trattenni una risata e scrollai le spalle. «Non appena avremo un piano concreto», risposi.

Opal scosse la testa con un sospiro. «Beh, cara, non rimandare troppo a lungo. Questa città avrebbe bisogno di un matrimonio, e non solo perché è il tuo destino. Non credo ci sia stato un matrimonio tra streghe da più di due anni. Comunque, come vanno le cose al negozio? Questo è il tuo primo inverno a gestirlo da sola».

«Gli affari vanno come ci si aspetterebbe. Stiamo iniziando a ricevere i nostri ordini primaverili, così avremo scorte sufficienti quando l'attività riprenderà tra qualche mese. Come vanno le cose a Beauty Bewitched?»

«Tranquillo come al solito in questo periodo dell'anno. In realtà stavo pensando di parlare con Emma. So che lavora un po' per tua madre, ma è ora che io pensi a chi può prendere le redini proprio come hai fatto tu per Lea a Persnickety Potions & Gifts».

«Potrebbe farle piacere. Immagino che ti piacerebbe rallentare un po'».

«Mi piacerebbe comunque avere ancora voce in capitolo nella gestione, ma non divento più giovane e la stagione estiva mi stanca più di quanto facesse una volta».

«Sono sicura che troverai una soluzione», risposi. Guardando l'orologio, notai che era ora di andare. «Devo andare al negozio», dissi alzandomi dal tavolo. «Vuoi uscire con me?»

Opal annuì e uscimmo insieme. Lei si diresse verso Beauty Bewitched, che si trovava su Wicked Way. Nel frattempo, io attraversai la piazza verso Charming Way. Mentre camminavo, Beatrice stava sfrecciando all'angolo. Questa mattina il suo gruppo di power-walking era arrivato a quattro persone. Le mattine diventavano leggermente più calde ogni giorno. Era un cambiamento incrementale, ma quando il terreno era coperto di neve e il respiro ghiacciava l'aria, il piccolo aumento di temperatura era percettibile.

Beatrice indossava una giacca in pile rosa brillante questa mattina, il colore spiccava contro la neve. Nel momento in cui mi vide, si staccò dal suo gruppo, dirigendosi verso di me lungo uno dei vialetti spalati. In pochi secondi, mi raggiunse, fermandosi bruscamente. «Buongiorno, Moira. Ho un aggiornamento».

Beatrice non era una che perdeva tempo per arrivare al punto. «Buongiorno, Beatrice. Di cosa si tratta?»

«Come ti ho detto ieri sera al supermercato, ho parlato con Eva per chiederle di Livi. Mi ha rinfrescato la memoria sul motivo del loro litigio. Molto tempo fa al liceo, Livi era innamorata del lontano cugino di tua madre, Benjamin, quello che ha lasciato l'azienda di acero a Gabriel. A quel tempo, Benjamin le disse di lasciarlo in pace perché era innamorato di Elizabeth, che alla fine ha sposato».

«Quindi cosa c'entra questo con la situazione attuale?»

«Beh, secondo Eva, Livi non l'ha mai veramente superato. Credo siano usciti insieme una o due volte. All'epoca, siccome i genitori di Livi possedevano Munns Maple e i suoi genitori possedevano Mystic Maple, lei aveva questa idea che avrebbero unito le forze. Era una cosa assolutamente ridicola. Ma Livi è sempre stata un po' ridicola. Dopo che Benjamin ha sposato Elizabeth, lo ha odiato e ha davvero odiato sua moglie. Eva ha detto che Livi era persino felice quando non hanno avuto figli. È stato allora che Eva l'ha affrontata su questo. Non si parlano più da allora. Eva ha detto che Livi si era convinta che Benjamin fosse segretamente innamorato di lei. Dato che lui ed Elizabeth non hanno mai avuto figli, si era messa in testa questa folle idea che lui le avrebbe lasciato la sua azienda di acero in modo che il sogno dell'unione delle loro aziende si sarebbe realizzato dopo la sua morte. L'intera cosa è semplicemente folle, se vuoi il mio parere. Ancora più folle, Eva si è effettivamente chiesta se Livi avesse qualcosa a che fare con la morte della sua defunta moglie. Livi ha dei poteri, ma sono solo di livello medio. Era tutta concentrata sul guadagnare più potere attraverso il matrimonio giusto ed è stata assolutamente furiosa quando non è successo. Ecco qua. Devo andare. Non appena avrò finito la mia passeggiata questa mattina, andrò a parlare con Daniel», disse Beatrice.

«Wow. È una storia complessa», dissi finalmente. «Spero che porterai Eva con te quando andrai a parlare con Daniel».

«Certo, questo è il mio piano», rispose. «Passa una buona giornata». A quelle parole, si girò di scatto. Spesso mi sentivo come se stessi guardando un'auto cambiare marcia quando la vedevo camminare. Iniziava a camminare normalmente e poi accelerava, con i gomiti che volavano mentre raggiungeva il suo gruppo dall'altra parte del prato.

Mi avviai verso il negozio, considerando che poteva finalmente esserci una svolta significativa in questo caso. La storia assurda di Livi e del suo amore non corrisposto poteva essere proprio il movente. Sebbene, non spiegasse ancora perché suo cugino si aggirasse furtivamente nella proprietà di Gabriel.

CAPITOLO DICIASSETTE

Beatrice passò al negozio più tardi per farmi sapere che aveva parlato con Daniel insieme a Eva. Sebbene fossi curiosissima di conoscere i suoi pensieri, sapevo che probabilmente non avrebbe condiviso nulla. Forse avrei dovuto fare pressione su Zoe per vedere se poteva carpire qualche informazione da lui.

Nel frattempo, Liam e io stavamo pianificando di andare a trovare Gabriel al Mystic Maple quella sera. Proprio mentre un cliente stava uscendo nel pomeriggio, mia madre entrò nel negozio, con una folata di vento e un po' di neve che entravano dalla porta insieme a lei. La giornata era stata punteggiata da brevi raffiche di neve.

«Ciao, mamma», dissi mentre la porta si chiudeva alle sue spalle.

Lei alzò lo sguardo con un sorriso mentre scuoteva leggermente il cappotto e si toglieva la neve dai capelli. «Come stai oggi, cara?»

«Bene. Cosa ti porta qui?»

«Volevo preparare una pozione per Penelope. Tornerà la prossima settimana, sai.»

«Oh, è vero. Mi sorprende che non abbia deciso di restare più a lungo come ha fatto l'anno scorso», commentai.

Zia Penelope aveva sviluppato l'abitudine di prendersi vacanze a fine inverno ogni anno. Quando si stancava del freddo, partiva per alcune settimane per viaggiare verso luoghi caldi. Anche se non ero a Charm Cove l'anno scorso quando era andata in vacanza, ricordavo di averne parlato con mia madre perché Penelope aveva finito per decidere di restare via per due mesi.

Mia madre rise mentre si avvicinava al bancone, togliendosi i guanti e sfilandosi la sciarpa dal collo. «Lo so. Credo proprio che l'anno scorso abbia avuto una storia d'amore. Non vuole ammetterlo perché pensa di essere troppo vecchia per queste cose.»

«Davvero?»

Mia madre mi fece l'occhiolino. «È quello che penso io. Comunque, mi ha chiamato ieri sera e mi ha dato il suo programma di volo, quindi sto pianificando di andarla a prendere a Portland. Pensavo di passare a preparare una rapida dose di quella pozione che faccio per l'esaurimento e il jet lag. Non ti dispiace, vero?»

Mi ero abituata a vedere mia madre e zia Lea passare ogni volta che volevano preparare pozioni. «Certo, prepara quello che vuoi. Ti terrò compagnia. Mi piacerebbe comunque imparare cosa metti in quella pozione. Non è qualcosa che vendiamo di solito. Perché?» chiesi mentre la seguivo attraverso la tenda di perline sul retro.

«Penso che occasionalmente la vendiamo, ma non è tra le più comuni. Ogni volta che preparo un lotto, di solito mettiamo alcune bottiglie in vetrina. Le altre pozioni sono più popolari però, specialmente le pozioni d'amore.»

Si sedette su uno sgabello e iniziò a esaminare le bottiglie di erbe e altri ingredienti sugli scaffali sopra il tavolo di lavoro. Mi accomodai su uno sgabello accanto a lei, pensando che sarei uscita davanti se avessi sentito il campanello della porta.

Le pozioni non erano così complicate come si potrebbe pensare se non si è una strega o uno stregone. Gli ingredienti erano simili a quelli dei semplici rimedi a base di erbe con il tocco magico che era la vera magia. Usavamo combinazioni di elementi che sarebbero stati benefici a livello normale per il corpo, lo spirito o il cuore, e poi aggiungevamo un po' di magia per dargli una spinta e renderlo più potente. Avevamo la capacità di regolare la magia, e la maggior parte delle pozioni che vendevamo qui aveva un tocco di magia molto leggero.

Quando si trattava di magia sugli umani che non erano soprannaturali, gestire il differenziale di potenza delle pozioni era un po' più impegnativo perché gli umani senza poteri erano più o meno sensibili. Alcune persone avevano reazioni inaspettate. Se mantenevamo la magia leggera, non dovevamo preoccuparci di reazioni negative.

Una volta che mia madre aveva selezionato i suoi ingredienti e aveva iniziato, riassunsi ciò che Beatrice aveva condiviso con me quella mattina sul prato. «Ti ricordi qualcosa di tutto ciò?» chiesi dopo aver delineato la storia d'amore non ricambiata di Livi con il cugino lontano di mia madre.

Mia madre mi guardò e fece l'occhiolino. «Credo che tu dimentichi, cara, che sono molto più giovane di Beatrice e Livi. Quegli eventi sarebbero accaduti molto prima che fossi abbastanza grande per capire cosa stava succedendo. Ricordo un po' di chiacchiere su Elizabeth quando morì. Fu inaspettato. Era piuttosto giovane per morire all'improvviso. Presumibilmente aveva un cancro, e non lo scoprirono fino a quando non era troppo avanzato. Penso che Lea e io dobbiamo uscire e parlare con il cugino di Livi, Mel. In realtà lo conosciamo. È un po' più giovane di Livi e quando crescevo, la sua famiglia viveva proprio in fondo alla strada. I suoi genitori sono entrambi morti da allora, e hanno venduto la casa. Si era sposato e trasferito altrove prima di tornare a Charm Cove dopo la loro morte. Porterò Lea con me per parlare con lui. Nel caso stia tramando qualcosa, noi due possiamo sopraffarlo.»

«Mamma, non sono sicura che sia una buona idea. Voglio dire, tutti gli indizi puntano verso Livi, ma non conosciamo davvero il suo coinvolgimento. Beatrice lo ha visto sulla proprietà di Gabriel.»

Mia madre mi lanciò un'occhiata. «Questo da parte della ragazza che non si fa problemi a teletrasportarsi ovunque le piaccia andare, senza preoccuparsi della sicurezza. Sei stata solo fortunata che la prima volta che ti hanno beccata è stato Tom Lewis. Per quanto burbero possa essere, è un uomo gentile e non ti farebbe mai del male. È solo pura fortuna che quella sia stata la prima volta che sei stata scoperta. Lea e io sappiamo cavarcela piuttosto bene per una semplice visita per fare qualche domanda.»

«Va bene. Messaggio ricevuto», mormorai.

«Spero che in futuro sarai più attenta riguardo a questo. Tuo padre si è sempre preoccupato.»

«Mamma, l'unico motivo per cui Tom ha saputo che ero io è perché non ho scelto di teletrasportarmi di nuovo fuori. Posso uscire in un lampo. Lo sai. Ho praticato quell'incantesimo tutte le volte crescendo non appena abbiamo scoperto che potevo farlo.»

Mia madre sospirò di nuovo mentre versava con attenzione un po' di pozione in una bottiglia. «D'accordo. Suppongo che tu abbia ragione. Immagino che Beatrice abbia portato Eva a parlare con Daniel», disse, riportando l'argomento alla questione più importante.

«Sì. Sai che Daniel non ci dirà nulla. Ad ogni modo, nessuna di quelle informazioni è basata sulla magia, quindi dovrebbero essere utili.»

Mia madre ridacchiò piano. Guardò nel piccolo dosatore che teneva in mano. «Mi rimane abbastanza per circa quattro bottiglie. Vogliamo etichettarle così puoi venderle?»

«Tanto vale farlo», risposi.

CAPITOLO DICIOTTO

Liam fermò l'auto davanti a uno dei fienili di Mystic Maple. «Wow, è passato un mese da quando sono venuta qui e ha fatto un sacco di lavori», osservai.

Negli anni prima che Benjamin Wicked fosse venuto a mancare, non aveva mantenuto attiva l'attività di produzione dello sciroppo d'acero. Di conseguenza, i due fienili avevano bisogno di alcuni lavori. Gabriel aveva installato un nuovo rivestimento esterno e un'insegna nuova di zecca nell'ultimo mese.

«Direi proprio», commentò Liam mentre scendevamo dall'auto. «Sai se Gabriel ha avuto modo di parlare con Tom riguardo all'espansione del cerchio di protezione che ha intorno alla sua proprietà?»

«Per quanto ne so, aveva intenzione di farlo».

«Bene», disse Liam mentre attraversavamo le ampie porte doppie per entrare nell'ingresso principale di uno dei fienili. Le operazioni più piccole di solito si riferivano ai fienili per la produzione di sciroppo d'acero come capanne dello zucchero. Alcune erano piccole cabine e alcune persone che raccoglievano la linfa d'acero per uso personale si occupavano della lavorazione nelle loro cucine.

Le operazioni più grandi occupavano interi fienili con le linee di gravità dagli alberi che alimentavano il fienile e i sistemi automatizzati predisposti per trasformare la linfa in sciroppo e persino in zucchero d'acero granulato.

L'ultima volta che ero stata qui, tutto all'interno era coperto di polvere. Fermandomi una volta entrata, esaminai lo spazio. L'attrezzatura brillava e Gabriel era in un angolo che lavorava su un grande pezzo di macchinario.

«Ehi», chiamai, la mia voce che echeggiava nello spazio.

Gabriel alzò lo sguardo e sollevò la mano in segno di saluto. «Ehi, arrivo subito». Posò un attrezzo e si pulì le mani con un asciugamano su un tavolo d'acciaio.

«Sembra pronto a partire», commentò Liam mentre il suo sguardo percorreva lo spazio.

«Grazie. Mi ha tenuto occupato e questa è una buona cosa. Mi piace il mio lavoro di contabile forense, ma avevo bisogno di qualcosa di diverso dal tenere il cervello immerso nei numeri. L'avevo messo a punto prima che il mio primo lotto fosse rovinato con il furto e che le linee di gravità fossero tagliate. Ora tutte le linee sono di nuovo al loro posto», spiegò Gabriel.

«Hai avuto modo di parlare con Tom dell'incantesimo di protezione?»

Gabriel annuì. «In realtà verrà stasera. Ha detto che è appena abbastanza lontano dalla sua casa da dover venire qui per occuparsene. Ho anche sentito Daniel oggi. È passato e mi ha chiesto di far funzionare questo posto entro domani. Tra Beatrice e la sua amica che gli hanno dato qualche informazione su Livi, pensa di avere un buon caso se riusciamo effettivamente a prenderla in flagrante. Spera che se le altre attività di produzione di sciroppo d'acero tornano a funzionare, lei potrebbe tentare qualcos'altro. Il filo sciolto è Mel Staple».

«Oh giusto, ho dimenticato di menzionare che mamma e Lea andranno a provare a parlargli stasera».

Gabriel scosse lentamente la testa. «Tutto questo trambusto per la linfa d'acero».

Mi strinsi nelle spalle. «È business, no? Voglio dire, per te è un'attività secondaria, ma Nathan è stato piuttosto stressato».

«È la sua principale fonte di reddito», aggiunse Liam.

Vagabondai per dare un'occhiata a un enorme contenitore di acciaio inossidabile. «Quanto pensi di vendere una volta che sarai pienamente operativo?» chiesi.

«Quanto più possibile. La stagione dello sciroppo d'acero dura solo circa sei settimane, quindi non è un lavoro a tempo pieno per me in ogni caso. Per quanto posso dire guardandomi intorno, c'è un sacco di domanda. Anche se Nathan sta operando a piena capacità, non influenzerò la sua attività. Vorrei concentrarmi sugli ordini più piccoli e cose del genere mentre lui si occupa dei grandi distributori perché garantiscono un reddito più sicuro. Per quanto riguarda la mia competizione con chiunque altro...» Gabriel si interruppe e poi sorrise. «Non mi interessa».

Mi ero appena girata per tornare verso dove Liam e Gabriel stavano in piedi quando una luce brillante lampeggiò, colpendo il pavimento proprio davanti a me.

«Ma che diavolo?» esclamò Gabriel.

Tutti e tre ci girammo nella direzione della luce che era entrata attraverso una finestra. Ci fu un lampo di movimento e poi un altro fulmine di luce. Gabriel alzò una mano e catturò l'incantesimo. Quello era uno dei suoi trucchi utili.

A differenza di mio padre, non aveva il potere di percepire la presenza della magia. Ma se un incantesimo veniva lanciato davanti a lui, poteva effettivamente catturarlo. In un certo senso, il suo potere fungeva da incantesimo di blocco, anche se non era esattamente questo il meccanismo. Non stava rubando la magia perché non poteva tenerla dopo averla catturata. Tuttavia, poteva rispedire lo stesso incantesimo a chi l'aveva lanciato.

Poteva anche dissiparlo completamente. In questo caso, rimase immobile, l'incantesimo contenuto nelle sue mani, luccicava come una brillante palla bianca.

«Non so se questo era destinato a far del male a qualcuno. Non oso restituirlo, per sicurezza».

In un lampo, la palla si dissolse come glitter che cadeva sul pavimento. Le scintille si dissiparono in fumo. Nel momento in cui ciò accadde, un altro fulmine entrò da una finestra diversa. Gabriel catturò l'incantesimo e lo tenne fermo nelle sue mani, dissipandolo nuovamente.

Liam si precipitò verso la porta, ma quando cercò di aprirla, non ci riuscì. «Chiunque sia là fuori non vuole che usciamo», disse.

«Bene, possiamo giocare incantesimo contro incantesimo», mormorai.

Chiusi gli occhi, mi concentrai rapidamente, roteando all'interno di un tunnel di fumo e brillantini. Proprio quando sentii lo slancio del trasporto, rimbalzai contro una forza invisibile, atterrando esattamente dove mi trovavo prima. In un secondo, Gabriel intercettò un altro incantesimo lanciato nel fienile.

Sentimmo una voce chiamare e poi un lampo di luce fuori dalle finestre. Liam tirò di nuovo la porta e questa volta riuscì ad aprirla. Nel frattempo, poiché avevo lanciato il mio incantesimo di trasporto, fui risucchiata di nuovo in esso. Era la prima volta. Non avevo mai iniziato questo incantesimo senza completarlo, quindi non ero preparata a vederlo riprendere quando non c'era più nulla a bloccarlo.

Volevo solo trasportarmi fuori dal fienile. In un lampo, ero lì. Livi era fuori con la bacchetta puntata dritto verso di me, il viso rosso mentre urlava una specie di fesserie.

Liam si girò velocemente, bloccando efficacemente qualunque cosa lei avesse appena lanciato nella mia direzione. Anche Emma e Jackson erano lì fuori. Dedussi che avessero fatto qualcosa per eliminare il contenimento attorno al fienile. Quando Livi sollevò di nuovo la bacchetta, ci fu un lampo blu e poi degli anelli luminosi la avvolsero, immobilizzandola.

Come sua madre e le sue sorelle minori, Emma possedeva una variante del potere di contenimento. Era abbastanza potente da poter facilmente tenere Livi ferma. Con un movimento del polso, aggiunse qualche altra fascia intorno a Livi. Guardando verso Jackson e Liam, gridò: «Qualcuno deve chiamare Daniel».

Jackson fece subito la telefonata. Livi era furiosa, con le guance chiazzate di rosso e le lacrime che le rigavano il viso. Ci fissava.

«Che succede, Livi? Perché stai facendo tutto questo?» le chiesi avvicinandomi, raccogliendo la sua bacchetta che aveva lasciato cadere durante l'incantesimo di contenimento di Emma.

«Avete rovinato tutto» sputò. «Ho aspettato anni prima di prendermi la mia vendetta. Questo doveva essere mio». Tentò di indicare verso il fienile, ma le sue braccia erano bloccate ai fianchi. «Benjamin ed io dovevamo sposarci. Il minimo che poteva fare era lasciarmi tutto questo. Invece l'ha lasciato a *te*». Il suo sguardo accusatorio si spostò in direzione di Gabriel mentre usciva dal fienile.

«Ti sei data tanto da fare per questo?» chiesi. «Senza offesa, e sono sicura che ti abbia fatto male quando non ha ricambiato il tuo amore, ma è successo più di cinquant'anni fa».

I suoi occhi marroni si strinsero mentre mi guardava. Con i capelli grigi ricci in disordine e i vestiti in disordine, sembrava un po' folle. Suppongo che lo fosse.

«Fra tutti, tu dovresti capire quando qualcosa è destino. Forse non eravamo predestinati a stare insieme come te e Liam, ma dovevamo stare insieme. Benjamin era troppo stupido per vederlo» ribatté.

Tom Lewis arrivò camminando tra gli alberi vicino al confine della sua proprietà di acero. Non sembrava minimamente turbato nel vedere tutti noi lì riuniti, né nel vedere Livi avvolta nelle bande blu dall'incantesimo di contenimento di Emma.

Si fermò accanto a Gabriel una volta raggiuntoci. «Forse avrei dovuto trovare il tempo di venire qui ieri sera» disse con una risatina. «Meglio tardi che mai».

Gabriel scoppiò a ridere. Un'auto svoltò nel vialetto e tutti guardammo in quella direzione. «Oh, quella è l'auto di mamma» commentai.

In poco tempo, lei e Lea scesero dall'auto con il cugino di Livi, Mel Staple. Livi indirizzò lo sguardo furioso nella sua direzione con uno sbuffo.

«Beh, sembra che tutto sia sistemato. Nessuno si è fatto male?» chiese mia madre, il suo sguardo che saltava tra noi soffermandosi brevemente su Livi.

«Qualche momento di tensione, ma stiamo bene» rispose Gabriel.

«E io che pensavo che tornare a Charm Cove potesse essere un po' noioso» mormorò Jackson a bassa voce.

Emma ridacchiò, ma mantenne l'attenzione su Livi.

«Bene, Mel qui può probabilmente riempire i vuoti» disse Lea.

Gli occhi blu sbiaditi di Mel sembravano stanchi e i suoi capelli grigi erano arruffati, come se ci avesse passato una mano troppe volte. Era magro e alto e si muoveva lentamente mentre si avvicinava a Livi.

Guardandola, scosse lentamente la testa. «Rifiuto di far parte ancora di questa storia. Non che volessi farne parte dall'inizio» aggiunse, guardandosi intorno. «Mi stava ricattando. Ho perso un sacco di soldi. Non so come Livi l'abbia scoperto, ma l'ha fatto. Brutta abitudine di gioco d'azzardo. Avevo promesso a mia moglie che avevo smesso. Sarà devastata. Ma non posso continuare a nascondere questo pasticcio».

«Cos'è successo?» chiesi.

«In poche parole, ho aiutato Livi a usare la magia per rubare la linfa di tutti e rovinare le tubature a gravità. Sembrava abbastanza innocuo, ma ora si è andati troppo oltre. Voleva fare pressione su Gabriel affinché le vendesse questa fattoria, rendendola troppo problematica da gestire. Quello che non sapevo prima di cominciare era che lei aveva avvelenato la moglie di Benjamin. L'ha fatto lentamente con l'arsenico. Nessuno se n'è accorto, ed Elizabeth era abbastanza anziana quando finalmente è morta che nessuno ha indagato. Sei pazza. Questa situazione è completamente fuori controllo» disse, guardando Livi. Ritornando verso di noi, sospirò. «La situazione è degenerata quando ha iniziato a preoccuparsi che fossimo sulla buona strada e potessimo scoprire che aveva avuto un ruolo nella morte di Elizabeth. È allora che ha davvero perso la testa. Ho scoperto che aveva lanciato incantesimi di occultamento e danneggiato le registrazioni di sicurezza oltre a tutto il resto. Stavo già pianificando di parlare con Daniel, ma non sapevo come spiegare tutto questo. È così folle».

Come evocata dal nome, l'auto di pattuglia di Daniel entrò nel vialetto, seguita da un'altra auto della polizia.

«Forse è meglio interrompere l'incantesimo» dissi a Emma, a voce bassa.

Sebbene Daniel fosse ben informato sui poteri delle streghe e fosse sposato con una di loro, non sarebbe stato opportuno che arrivasse trovando una sospettata tenuta ferma da bande luminose blu.

Emma incrociò il mio sguardo e annuì. Si fece indietro mentre

Jackson, Liam e Gabriel si posizionavano intorno a Livi. «Aspetteremo proprio qui. Se fa una mossa, la prendiamo» disse Liam, guardandomi.

«Oh, andate al diavolo» mormorò Livi.

Emma lasciò cadere l'incantesimo e le bande blu si dissolsero con uno sbuffo di fumo bianco. Livi sembrava perfettamente consapevole di essere in netta inferiorità e sopraffatta da tutti i presenti. Anche se Tom appariva rilassato mentre se ne stava appoggiato a un albero, non dubitavo nemmeno per un secondo che potesse fermare qualsiasi cosa lei tentasse di fare.

Daniel fermò la sua auto di pattuglia, scendendo in uniforme da poliziotto e lanciando uno sguardo tra noi. Il suo vice, Arnold, scese anche lui, apparendo un po' incerto mentre si guardava intorno. Come Daniel, Arnold non possedeva poteri magici, ma ne era a conoscenza ed era sposato con una strega.

Nel corso dei secoli, le famiglie di streghe di Charm Cove si erano assicurate che chiunque lavorasse per il dipartimento di polizia fosse amichevole verso streghe e stregoni. L'ultima cosa di cui la città aveva bisogno era un dipartimento di polizia eccessivamente zelante, timoroso delle streghe e capace di fomentare isteria. No, grazie. Tale isteria a Salem qualche secolo prima aveva spinto le famiglie fondatrici a fuggire fino alla costa settentrionale del Maine. Considerando che streghe e stregoni avevano da tempo scritto tutti i regolamenti comunali e occupavano più della metà della popolazione della città, non era così difficile assicurarsi che gli elettori sostenessero un capo della polizia comprensivo verso la magia.

Arnold tirò fuori un piccolo taccuino, mentre Daniel estrasse un registratore portatile. «D'accordo, chi vuole cominciare a dirmi cosa sta succedendo? Non ho bisogno di sentire tutti in una volta», disse, lasciando indugiare lo sguardo su Lea.

Lei sorrise. «Starò zitta. In realtà non sono stata qui tutto il tempo».

Gabriel si fece avanti. «Perché non cominci con me? Posso dirti cosa è successo nel fienile, e poi immagino che tu debba sentire Emma e Jackson su ciò che è accaduto qui fuori prima che il resto di noi uscisse dal fienile».

«Prima che tu vada oltre», esclamò Liam da dove si trovava accanto a Libby, «ti consiglio di metterle le manette. Mel riferisce che ha avvelenato Elizabeth Wicked. C'è molto altro nella storia, ma questo è l'inizio».

Daniel annuì semplicemente verso Arnold, che si avvicinò e mise le manette a Livi mentre le leggeva i diritti. Il suo viso era rosso e le lacrime le scendevano sulle guance, ma non oppose resistenza.

«Il riscaldamento è acceso nell'auto di pattuglia se vuoi metterla sul sedile posteriore», gridò Daniel.

CAPITOLO DICIANNOVE

Ore dopo, mi appoggiai alla spalla di Liam, facendo un respiro profondo e lasciandolo andare con un sospiro. «Ok, sono ufficialmente esausta.»

La risata sommessa di Liam mi vibrò nell'orecchio mentre mi passava una mano tra i capelli. «Non me lo dire. Con tutti gli strilli e i pianti di Livi, mi è venuto mal di testa.»

Iniziai a raddrizzarmi, ma lui scosse la testa, tirandomi di nuovo contro il suo fianco mentre eravamo seduti sul divano davanti al camino. «Ho già preso dell'ibuprofene. Sto bene.»

«Va bene», risposi rilassandomi contro di lui. «Devo dire che è stato piuttosto brusco vedere il mio incantesimo interrotto in quel modo.»

Liam scosse la testa. «Immagino. Sono contento che tu stia bene. Sembra che Livi abbia semplicemente perso la testa.»

«È un modo per dirlo.»

Ghost sfrecciò attraverso la sua porticina provenendo dal portico sul retro. Dopo una rapida sosta alla ciotola dell'acqua, si unì a noi davanti al fuoco. Con le fusa di Ghost che risuonavano in sottofondo, Liam mi guardò, con uno sguardo intenso. «Stavo pensando, che ne dici se andiamo in Scozia verso la fine dell'estate? Dicono che il tempo lì sia caldo in quel periodo. Possiamo fare un'altra cerimonia o qualunque cosa vogliano le nostre famiglie il prossimo solstizio d'inverno. Che ne pensi?»

Il mio cuore batteva forte e veloce nel petto mentre guardavo nei suoi occhi. Stavo già annuendo prima ancora di pensarci. Conoscevo la risposta. Sembrava quella giusta.

«Penso che sia perfetto.»

L'ultima cosa che vidi fu il suo sorriso prima che le sue labbra incontrassero le mie.

EPILOGO

Circa un mese dopo

Entrai nel Maple Mayhem, sorridendo mentre mi guardavo intorno. Il negozio era affollato di turisti e gli scaffali erano pieni di caramelle all'acero in ogni variante immaginabile.

Delia mi urtò quando mi fermai a guardare una delle vetrine. «Ops! Scusa, Moira. Quanto possiamo prendere?» chiese.

Guardando oltre la mia spalla, fui accolta da due sorrisi identici e due paia di grandi occhi azzurri.

«Tre per ciascuna. Questo ha detto vostra madre.»

«Ma Tom adora le caramelle morbide all'acero», disse Celia.

«Ti promettiamo che non sono per noi. Quelle sono per lui», aggiunse Delia con un vigoroso cenno del capo.

«Va bene, una scatola di caramelle morbide all'acero per Tom, e tre a testa di qualunque cosa scegliate per voi stesse. Questo è quanto.»

Le gemelle avevano accettato l'offerta di Tom Lewis e stavano trascorrendo un pomeriggio a settimana con lui per lavorare sulla loro magia. Nessuno di noi sapeva veramente cosa stesse insegnando loro, ma nessuno era preoccupato. La cosa divertente nel crescere in una famiglia di streghe è che, in un certo senso, l'insegnamento avveniva automaticamente. Era parte della vita quotidiana. Tuttavia, avere un stregone con il potere di Tom che si offriva di insegnare alle gemelle avrebbe dato loro molta esperienza.

Io ero stata abbastanza fortunata da avere la mia Mémé che aveva fatto lo stesso con me. Ma lei era morta anni fa. Celia e Delia erano ancora molto giovani. Oltre a imparare di più su come usare la magia, era bene per loro trascorrere del tempo con Tom. Era disciplinato e sicuramente le teneva lontane dai guai almeno un pomeriggio alla settimana.

Dopo aver fatto shopping e aver sentito dal negoziante come gli affari si fossero ripresi dopo quelle poche settimane in cui le cose si erano fatte un po' complicate, tornammo verso Persnickety Potions & Gifts. Liam ci avrebbe preso come al solito. Gli avevo detto di cercarci sulla piazza del paese. Era una rara giornata di sole di aprile. Anche se la primavera non era ufficialmente arrivata, la neve si stava finalmente sciogliendo sulla piazza. Avremmo dovuto superare gli acquazzoni di questo mese prima di poter contare sull'arrivo dell'erba verde e dei fiori.

Nel frattempo, il grande colpo d'acero era stato finalmente risolto. Livi era in prigione con accuse di omicidio, furto e vandalismo. La frase del cruciverba era stata decifrata con successo dopo la notizia del suo arresto. *Il vero amore conquista tutto per Livi e Benjamin. La vendetta è mia, Livi*

Supposi che la sua vendetta fosse una magra consolazione in prigione. La sua famiglia avrebbe potuto continuare a gestire il Munns Maple, ma invece aveva scelto di venderlo e usare il denaro per assumere un potente avvocato per lei. Suo marito era affranto per il presunto amore di lei per Benjamin e ancora non credeva che fosse colpevole di nulla.

La Munns Maple aveva chiuso i battenti. Nathan aveva raccolto denaro tra le streghe e gli stregoni Buoni per acquistarla, ma non aveva avuto il tempo di preparare l'azienda ad essere operativa quest'anno. La stagione dell'acero era finita e presto gli aceri sarebbero stati pieni di foglie. I germogli si stavano già mostrando. La linfa d'acero aveva annunciato l'arrivo anticipato della primavera e il resto della natura avrebbe seguito presto.

Liam e io avevamo comunicato alle nostre rispettive famiglie il piano per il nostro matrimonio. Se c'erano state delle lamentele dietro le quinte - cosa che mi aspettavo pienamente - nessuno aveva osato dirlo ad alta voce.

Chi poteva ragionevolmente discutere la nostra scelta di sposarci nello stesso luogo della prima coppia Wicked-Good?

Supposi che alcuni membri della famiglia fossero infastiditi perché era un po' un viaggio se volevano effettivamente partecipare al matrimonio. Le nostre famiglie immediate sarebbero venute e anche alcuni altri. Il resto avrebbe partecipato alla nostra cerimonia e festa di follow-up al prossimo solstizio d'inverno.

Per ora, non vedevo l'ora che arrivasse la primavera. Mentre camminavo per la strada, vidi Liam in piedi all'angolo esatto dove l'avevo visto per la prima volta quando ero tornata a Charm Cove l'estate scorsa. Ancora una volta, era appoggiato a un palo di granito che segnava l'angolo di Charming Way.

Le gemelle corsero avanti, saltellando con i loro sacchetti di caramelle all'acero. Mi fermai accanto a lui. Le sue labbra si incurvarono in un sorriso, e mi chiesi se ero pazza o se il destino fosse davvero una cosa reale.

———

Grazie per aver letto The Great Maple Caper! Se desideri ricevere aggiornamenti sulle mie nuove uscite e altre notizie, iscriviti alla mia newsletter: subscribepage.io/J3tvfP

Per più malizia, magia e caos a Charm Cove, gira pagina per un'anteprima di Oopsy Daisy, il prossimo libro della serie Wicked Good Mystery!

ESTRATTO: OOPSY DAISY

MOIRA WICKED

La primavera era arrivata con prepotenza. Non importava quante primavere avessi trascorso a Charm Cove, nel Maine, il rapido cambiamento verso il clima più caldo non smetteva mai di stupirmi. Eravamo passati da notti gelide e mattine fresche con il sole che scioglieva la brina sull'erba a fiori che improvvisamente sbocciavano. Le giornate si allungavano con la magia dell'alba, e i tramonti diventavano ancora più gloriosi. La brezza salata proveniente dall'Oceano Atlantico era ancora un po' fresca in primavera, ma non così pungente come in inverno.

Un pomeriggio stavo uscendo dal lavoro, attraversando il parco cittadino per raggiungere la mia auto. Una volta iniziata la stagione turistica nella nostra piccola cittadina affollata, avevo iniziato a parcheggiare nell'area riservata solo ai proprietari di attività commerciali. Preferivamo tenere libero il parcheggio dietro al negozio per i turisti che venivano da Persnickety Potions & Gifts. Non eravamo ancora nel periodo di punta per i turisti, ma le cose stavano cominciando a movimentarsi.

Proprio mentre mi trovavo circa al centro del parco, una raffica di vento fece volare una margherita che atterrò sulla mia spalla. La raccolsi, ridendo piano. «Beh, che strano», mormorai tra me e me.

Non ci pensai più di tanto e continuai a camminare. Stavo attraversando il marciapiede sul lato opposto del parco quando un'altra margherita cadde dal cielo.

Ok, questo è ancora più strano.

Quando raggiunsi la mia auto, fui sorpresa di vedere una margherita sul parabrezza. La situazione era passata da strana, a bizzarra, a ancora più bizzarra, fino a diventare piuttosto folle. Scuotendo la testa, l'attribuii a un pomeriggio particolare.

Altre tre margherite atterrarono sul mio parabrezza mentre guidavo verso casa, sbattendo contro il vetro per poi volar via. Anche se sapevo tutto sulla magia e credevo fermamente nella sua esistenza—dato che *ero* una strega con parecchi poteri—decisi di considerare l'opzione più realistica. Qualcuno doveva aver fatto dei lavori di giardinaggio e probabilmente stava trasportando dei detriti che contenevano un mucchio di margherite. Questo è ciò che mi dissi. Era lo scenario più plausibile che potessi immaginare. La mia spiegazione interna era rafforzata dal fatto che non vidi altre margherite durante il resto del tragitto verso casa.

Il mattino seguente, il sole splendeva luminoso sull'oceano, e Charm Cove era la solita cittadina pittoresca—un'incantevole e caratteristica località lungo la costa rocciosa del Maine. Stavo finendo la colazione e sorseggiando il mio caffè con Liam Good, il mio fidanzato.

Non c'era nulla di insolito in quella mattina. Almeno fino a quando il mio gatto, Ghost, entrò di corsa dalla sua porticina sul portico posteriore con due margherite in bocca e un'altra impigliata nel collare. Ghost, un gatto tipicamente maestoso che in qualche modo riusciva ad avere sempre un pelo bianco brillante, nonostante scorazzasse liberamente all'esterno la maggior parte dei giorni, sembrava decisamente offeso dalle margherite.

Guardando Liam, commentai: «Immagino che abbia catturato le margherite perché era arrabbiato con loro».

Come per confermare la mia teoria, Ghost lasciò cadere le margherite sul pavimento e poi scosse la testa, cercando di liberarsi del fiore impigliato nel suo collare.

«È davvero strano. Ieri sera, come ti ho raccontato, ci sono state quelle margherite che volavano giù dal cielo. Ne hai viste anche tu?»

Liam si alzò dallo sgabello su cui era seduto vicino al bancone della cucina, girandoci attorno per mettere la sua tazza di caffè vuota nel lavandino. I suoi capelli neri erano ancora umidi dalla doccia e i suoi occhi blu brillavano nella luce del primo mattino. Scosse la testa. «No, ma sono tornato a casa prima di te ieri».

Alzandomi, camminai verso il portico con la zanzariera. Aprii la porta e uscii fuori per trovare margherite *ovunque*. Sentii Liam che mi seguiva, la porta a zanzariera che si richiudeva mentre lui usciva sul terrazzo.

«Wow», disse.

«Ma che diavolo sta succedendo?» esclamai.

L'intero terrazzo oltre la zanzariera era coperto di margherite, così come il prato dietro casa fino all'Oceano Atlantico. Charm Cove si trovava circa a metà della costa del Maine.

La dependance che condividevo con Liam si trovava su una scogliera con vista sull'oceano. Le margherite coprivano il terreno fino alla scogliera. Oltre la scogliera, si potevano vedere sbattute al bordo dell'acqua, dove si estendevano appena oltre la linea dei frangenti. Margherite erano sparse sulla superficie dell'oceano blu ardesia, con il sole che faceva scintillare l'acqua in mezzo a loro.

«Addio alla mia teoria di ieri che qualcuno stesse facendo lavori di giardinaggio con un po' troppo entusiasmo», mormorai.

Liam ridacchiò. «Oh, direi proprio di sì».

Come per confermarlo, alcune margherite caddero dal cielo, una atterrando sulla mia spalla e altre due svolazzando sul terrazzo.

———

Più tardi quella mattina, dopo alcune telefonate in giro per Charm Cove, tutto ciò che sapevamo era che c'erano margherite ovunque. Dal cielo piovevano letteralmente margherite. Cadevano a piccoli scrosci con gruppi di questi adorabili fiori che venivano giù casualmente dal cielo.

Con i turisti che affollavano i marciapiedi e i negozi, tutto ciò che ho sentito per tutta la mattina era margherite, margherite, margherite e ancora margherite. Al Persnickety Potions & Gifts, il piccolo negozio che gestivo per la mia famiglia a Charm Cove, c'era un flusso costante di clienti, molti dei quali raccoglievano margherite dal marciapiede e se le mettevano dietro le orecchie, o le intrecciavano nei capelli. Nel frattempo, le linee di comunicazione tra le varie famiglie di streghe di Charm Cove ronzavano al telefono, via messaggio e di persona.

Quando arrivò l'ora di pranzo, uscii sul marciapiede. Persnickety Potions & Gifts si trovava su Charming Way, una delle strade più trafficate del centro. Direttamente dall'altra parte della strada c'era il parco comunale, con Wicked Way che lo fiancheggiava sul lato opposto.

Charm Cove era una tipica cittadina del New England con graziosi negozietti, vecchie case coloniali e un piccolo centro costruito intorno al parco comunale. Era affascinante come al solito in questa mezzogiorno di primavera, con l'eccezione delle margherite che tappezzavano l'intero centro città. Era decisamente opinabile se questo aggiungesse fascino o meno.

Mentre mi guardavo intorno, una pioggia di margherite cadde dal cielo, alcune atterrandomi tra i capelli. Un uomo che camminava per strada con una macchina fotografica si fermò e mi scattò velocemente una foto. Non lo riconoscevo, ma non dovetti chiedermi a lungo chi fosse dopo che si fermò accanto a me.

«Salve, sono un giornalista del *Maine News & Gazette*. Charm Cove è su tutti i notiziari questa mattina. Le dispiacerebbe concedermi un'intervista?» chiese.

Ero un po' stordita alla vista di margherite ovunque e stavo ancora cercando di capire che diavolo stesse succedendo.

«Ah, a proposito, mi chiamo Dale. Dale Anderson» aggiunse l'uomo.

Con uno scossone mentale, mi concentrai su di lui. «Buongiorno. È appena arrivato qui stamattina?» chiesi.

«Oh sì. Sono venuto da Portland e sono arrivato circa mezz'ora fa. Ho guidato per tutta la città. Ci sono margherite ovunque.»

«Dove iniziano?» chiesi.

Dato che ero stata solo entro i confini della città questa mattina, ero molto curiosa di sapere dove avesse origine questa tempesta di margherite.

«Sono arrivato dalla I-295 e poi sulla Route 1. Quando si prende l'uscita dalla Route 1, iniziano le margherite. All'inizio sono un po' sparse, ma una volta superato il cartello dei confini della città...» Si fermò e rise. «Beh, ci sono margherite ovunque, proprio come qui» spiegò, indicando con la mano.

C'erano margherite *assolutamente* dappertutto. Il maestoso abete balsamico al centro del parco comunale sembrava ridicolo con le margherite che lo ricoprivano, come se fosse decorato per le festività.

«Questo sicuramente alimenterà le voci sulla reputazione di Charm Cove» disse con una risata meravigliata.

«Mi scusi?»

«Beh, deve sapere che circolano voci sul fatto che Charm Cove sia piena di streghe» spiegò.

Trattenni un sospiro e mantenni un'espressione accuratamente neutra. Dato che *ero* una strega, insieme a tutti i membri della mia famiglia, ero ben consapevole della reputazione di Charm Cove. La mia famiglia, i Wicked, insieme ai Good, aveva fondato Charm Cove secoli fa. In origine eravamo una città abitata solo da streghe e stregoni, ma ci eravamo nascosti bene e ora vivevamo liberamente tra coloro che non erano benedetti con poteri soprannaturali. Charm Cove era *ancora* per lo più popolata da streghe e stregoni, ma preferivamo mantenere questo segreto.

Considerando che la nostra graziosa cittadina esisteva unicamente perché i nostri antenati erano fuggiti da Salem, Massachusetts alla vigilia dell'isteria sulle streghe, avevamo lavorato duramente per vivere tranquillamente e pacificamente. Streghe e stregoni erano in gran parte una forza del bene nel mondo, ma le persone tendevano a temere ciò che non comprendevano. Senza giochi di parole.

Sebbene fossimo largamente riusciti a nascondere la nostra esistenza, persistevano voci insistenti. Un mucchio di margherite che piovevano dal cielo certamente non avrebbe aiutato in materia di dicerie.

Copyright © 2025 Lucy May; Tutti i diritti riservati.

1-Click: Oopsy Daisy

Se desideri aggiornamenti quando ho nuove uscite e altre notizie, iscriviti alla mia newsletter: subscribepage.io/J3tvfP

I MIEI LIBRI

Grazie per aver letto questa storia! Spero che la magia ti sia piaciuta. Se è così, ecco alcuni modi per aiutare altri lettori a trovare i miei libri.

1) Scrivi una recensione!

2) Iscriviti alla mia newsletter per ricevere informazioni sulle nuove uscite: subscribepage.io/J3tvfP

3) Metti "Mi piace" alla mia pagina Facebook https://www.facebook.com/lucymayauthor/

———

Serie Wicked Good Mystery
Destiny's A Witch
Hex Me Not
Spells & Silver Bells
The Great Maple Caper
Oopsy Daisy
Siren Song Gone Wrong
Pumpkin Patch Murder
Serie This Good Witch Mystery

Wish Upon A Witch
A Stormy Spell
A Stitch of Magic
Bee Charmed
Lemon Tea Cozy Mysteries
Witch You Wouldn't Believe
A Spell to Tell
Witch is When it Gets Crazy

L'AUTRICE

Lucy May ama il caffè, i cani, cucinare e scrivere. È una meridionale fuori posto che vive nel Maine. Ha imparato ad amare le quattro stagioni, ma sente ancora nostalgia delle pigre estati del sud. Le piace pensare che in un'altra vita potrebbe essere stata una strega e crede ancora nella magia. Trascorre il suo tempo creando storie paranormali sciocche, sarcastiche e sensuali.

www.ingramcontent.com/pod-product-compliance
Lightning Source LLC
Chambersburg PA
CBHW071428300726
48976CB00004B/1275